人生喜事

騷夏

目次

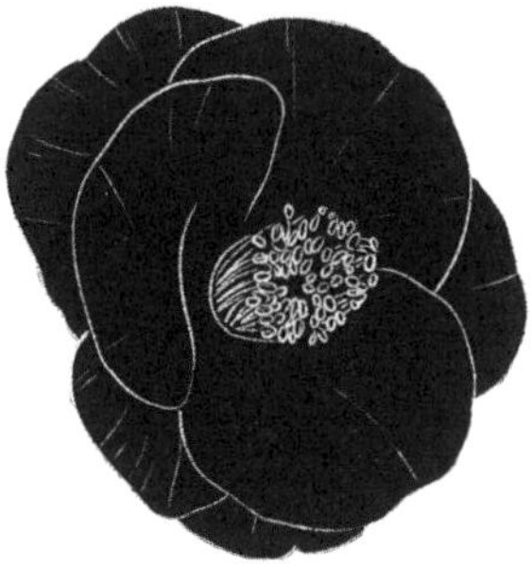

輯二

忘憂孟婆湯

輯三

房貸詩人如是說

輯四　貓選之人

輯五

自己的冰箱

輯六

放過自己求生指南

推薦序

給下一次輪子卡住時的備忘錄

◎楊佳嫻

吳爾芙曾描述過珍．奧斯汀的寫作狀態，小心翼翼地掩蔽，善用各種女性義務的零碎空檔，一點一點累積字句而至大成，簡直神蹟。那是來自於性別角色的束縛。今日這樣的束縛降低了，女人想寫就寫，但是，任何一個同時從事另一份職業，穩定養活自己的寫作者，處境與珍．奧斯汀居然有點呼應。同樣必須在工作的零碎空檔寫，只是以吸墨紙遮掩的稿子變成了視窗切換。但是，對於寫作者來說，這不見得是束縛，反而可當作阻力鍛鍊——養出強健的靈感肌肉，種種死線之前寫出有意義、有風格的短篇幅作品。

《人生喜事》收錄超過七十篇散文，最長不過四頁，都是作者作在社畜生活之餘，聚砂成盆（沒想當塔，老站著太累）。這砂像貝殼砂，閃閃爍爍（也許只是塑膠微粒），撥撥撿撿有些比較大粒難不成是舍利子，想太美了大概是結石。文學來自沖刷打磨，文學也可能來自燼餘或堵塞，卡卡的。於是《人生喜事》的輯一名稱已經告訴我們普通人生的本質，「無限卡」。

為什麼老是卡了又卡？洗澡出來，乾乾淨淨一腳踩上地墊，媽的可惡，哪隻死貓把豆腐砂夾帶過來的？準備出門，披上帥氣夾克，混蛋，怎麼下襬黏滿各色貓毛？興沖沖想打開新買的昂貴罐頭，讓家裡幾隻沒見識的貓嘗鮮，啪搭，拉環拉斷了罐頭不動如山！《人生喜事》的後記就叫「打卡就送念佛機」，那我們人生無限卡的時候念佛有用嗎？萬一佛也卡卡怎麼辦？可以去問瑞蒙·卡佛嗎？

散文的創造本來路線多樣，紛繁大抵可歸於二端，一往崇高闊遠處去，獨行風中極目停雲追溯古今往來，另一則不憚貓毛蒜皮曬衣夾，勾住微小物象人情，提煉滋味。文學史上魯迅張愛玲之類竟可摶合二者，各出機杼。《人生喜事》較近於後者，廣大親切並且帶上一點你想不到的——騷夏並不著眼於嚴肅的抽象，而是〈糖醋排骨不要醬〉〈中午吃什麼〉（你能想像楊牧散文集出現這個題目嗎），小事也可以卡掉我們五分鐘的生命和腦力；聚焦放大那些令人猶豫再三的背面或深處，比如〈阿嬤的陰唇〉（張愛玲也寫不到哈哈）；寫喪禮，死亡之深邃已被文學前輩闡發多次，但是

「三小時五百元的靈堂冷氣怎麼結清」（〈忘憂孟婆湯〉），嘛是愛解決；寫過年買花，花販進口水仙來賣得抓準時機，不然就賠錢賠工整車倒掉，然而時機可能是世界上最神祕的事物，牽涉到判斷也牽涉到運程，「有時傷心的不是裝蒜，是來不及裝蒜，就已經過時了」（〈裝蒜〉），這根本不是寫花，是寫愛情啊。

崇高的寫作，使文學成為聖域；微物常情的寫作，使文學成為扶手、瑜珈磚，隨身攜帶的萬金油，或一袋好土。作家的煩惱和大家一樣：怎樣不被辦公室小風雷刮壞，掂量存款和理想之間掙扎買房子，清洗貓尿床單，四處比價儲備貓糧與貓砂，為同事或舊友一句白目話而生悶氣。但是這些不妨礙她為陽臺一朵意外的茶花開而歡喜。交出這本書書稿之際，騷夏大人已經嚴重花瘋，不斷找藉口去逛花市，分享球根和植栽之振奮宛若分享曠世好詩和股市明牌，推敲季候、土質，每日貼出自家陽臺新開的花，鮮色逼人，重瓣微捲。廣東話呼園丁為「花王」，相當偉岸的稱號，騷夏真可堪任此名，令摧花聖手如我羨慕嫉妒恨。

慾望總是長得比自己的錢包還要胖一圈，所以愛花人也會搶購球根福袋，有種意外的快樂。自稱「小市民」的張愛玲對此深有感悟：「眠思夢想地計畫著一件衣裳，臨到買的時候還得再三考慮著，那考慮的過程，於痛苦中也有著喜悅。錢太多了，就用不著考慮了；完全沒有錢，也用不著考慮了。我這種拘拘束束的苦樂是屬於小資產階級的。」這心情不限於買花買衣服，買房子也是如此。輯三「房貸詩人如是說」，道盡千迴百轉，畢竟房子通常是你我一生（不管是不是詩人）買過最貴的東西。〈二看〉和〈那些沒有緣分的房子裡〉都提到預算的拉扯、和房屋仲介的角力，仲介有他們的話術，買家也有親戚朋友在桌子底下按計算機、查實價登錄和挑揀房子毛病，究其實，那畢竟是個階層化的世界，一個文化產業界社畜老實說出預算，房仲的臉就翻了頁。我想起某些在臺北敦化南路或北路擁有房子的前輩詩人，和騷夏一起隔著頁面（書頁還是購屋網頁？）歎了口氣，究竟是余生也晚還是余生也賤？

好了好了，老想錢的事情太傷人——《人生喜事》輯六就叫「放過自己求生指南」。寫作者如果輕易放過自己，還能寫出東西來嗎？啊，恭喜，還有這樣的勇氣，是年輕人啊。研究所時代的某位老師說成為大學者第一要件是活得久，否則一部巨著寫完上冊就死了，成就肯定有限；放在創作生涯來看，也是如此嗎？過去我們最崇拜文學藝術世界裡的少年天才，早逝還能成為傳說，活得久好像不太可愛。其實創作者的厭世通常是種表演，真正厭世還寫什麼寫呢？我們寫了又寫，為了求生，我們想活，想知道中年老年的人生、社會和心靈有什麼變化，未來一直來一直來，我們寫，為了不使自己倦怠沉入死水。嗯，但有時候只是務實，〈交稿了沒〉中騷夏說她作為編輯「也有一張近期買房子的作者清單，和這批作者邀稿，通常都很準時交」（哎怎麼還在錢坑裡）。

又卡住了嗎？落鏈嗎？輪胎輾過釘子嗎？又被外送員棄單嗎？辦公室裡那個誰又在發神經了嗎？那就先停下來又何妨？〈勤花〉不就說了，花株勤於開放，好像花和種花人都很勤勉，然而，也代表持續消耗養分，沒有適時補充恐怕會逼傷自己，「不勤的植物或許才是放過自己的養生能手，美德由他人去說」。

（楊佳嫻，詩人、作家，國立臺灣大學中文所博士，國立清華大學中文系副教授。著有詩集《你的聲音充滿時間》、《金烏》，散文集《雲和》、《瑪德蓮》、《小火山群》、《以脆弱冶金：楊佳嫻私房閱讀集》等。另編有《靈魂的領地：國民散文讀本》、《當我們重返書桌：當代多元散文讀本》、《刺與浪：跨世代臺灣同志散文讀本》等選集多種。）

願望寶石的折射與擬像

◎潘家欣

傅柯在《古典時代瘋狂史》二版自序中，有這樣一段文字，描述著書的誕生：「一本書產生了，這是個微小的事件，一個任人隨意把玩的小玩意兒。從那時起，它便進入反覆 (répétition) 的無盡遊戲之中；圍繞著它的四周，在遠離它的地方，它的化身們 (doubles) 開始群集擠動；每次閱讀，都為它暫時提供一個既不可捉摸，卻又獨一無二的軀殼；它本身的一些片段，被人們抽出來強調、炫示，到處流傳著，這些片段甚至會被認為可以幾近概括其全體。……一本書在另一個時空中的再版，也是這些化身中的一員：既不全為假像，亦非完全等同。」

散文寫作的集結出版，我以為用傅柯這段話來詮釋，是極為合適的。《人生喜事》的散文作品，多數還在報章、網路平台刊載時，就已經開始了與讀者互動映射的旅程。有些作品轉載率極高，轉載的讀者往往也會加上自己的點評。假若作品有靈魂，這些小小的靈魂也就在一次又一次的轉載中，穿上了不同的肉身。假如每一次的閱讀都是一次視角的融合，每一世不同敘事，使得作品宛如多切面的寶石，折射，擬像，融合——「視角的多重轉移」，私以為是這部散文集的主要命題。

書以喜事為名，看似炫耀，實則人生行至中年，多少憾事。輯一〈騎龍觀音無限卡〉的〈下願〉，作家以童年之憾出發，談及幼年好友因為家中因素而分開，生離與死別，臺語方言的腔調更強化了哀傷氛圍。不過，那大概是全書唯一確實顯露出哀傷的文字。而後不管是寫支持的政黨候選人落選、或是寫想要的房子被買走、在路上被車撞、親人相繼離世……各種人生的不如意之事，騷夏都以輕盈方式來描述，彷彿在說落語（らくご）笑話。

節制中飽含喜感的語氣，以種種自嘲建構出灑脫的人生表情。這種老派幽默感，在當代散文中少見了。幽默的要訣在於視角的轉移——工作不順，騷夏的反應不是抱怨，是去廟裡「祭改」，並且篤信祭改的效力。與其說迷信，不如說作家以虔誠之心，靠著民俗儀式度化了自身的姿態。這本散文集要呈現的人生哲學是凡事反求諸己，結果交與天意——拜地基主，是自己可以做的事；抽籤詩，是自己可以做的事，做完就安心了，這叫做信仰之福，怎麼不會是福氣？福氣來自看待人事物的方式。

輯二談及家族史，熟悉騷夏詩作的讀者，不妨將輯二視為《瀕危動物》家族敘事詩的後傳，尤其對老病的觀察寫得別有趣味。親人的長照與離世是苦澀之事，但她筆下的家族成員真是各自神通。死別明明是沉重題材，在她的筆下，仙逝的阿嬤可以是呼風喚雨、要塔位有塔位的神級人物；外公遺照修圖演變為整型修容的迷惑之辯；本應莊嚴的法會因為隔音不好變成了野台戲大車拚。騷夏的筆法總讓我想起另一位幽默的作家——傑瑞德．杜瑞爾，生命可以充滿各種困惑，也可以上演魔幻的木偶奇遇記。

輯三則從私人記憶轉向接起都會地氣。作為一個北漂的上班族，買房安身是何等重要的人生大事，騷夏將房屋買賣的種種進退、斡旋過程，比擬為人際情感的揪扯，何時進？何時退？有多少資本可以大膽進場？何時才是高點？面對他人的買房／情感問題，我們又有何資格可以指點？務實的上班族要繳房貸，看似仙氣飄飄的詩人也一樣要繳房貸，與房仲一來一往的敘事中，無論讀者屬於有殼或是無殼之人，一邊吸收買房冷知識，一邊某些失落惆悵心情也被熨貼了。無論如何，我們生命中總有一座想要但不可觸及的夢想城堡吧！或是明明以為可以得到，卻被人硬生生從中奪走的機會吧！令人怦然心動（心痛）的，何止是房子。

輯四到輯五大約是最受歡迎的題材：貓肥家潤，冰箱豐滿，花開富貴，這是壯年生活的幸福寫照。而騷夏細數家中愛貓的來由，以及照料貓的種種趣事，又從冰箱的獨立衍伸出一個成年人應有的底氣。買樹、買花、做貓奴，快樂的玩具寫不完，但我最喜歡的是〈阿嬤的貓眼石〉——那是篇頗為嚴厲的說教文。快樂可有假？記憶可有真？我們對於他人的人生又有何智慧去評論？不僅是談論收藏品的真偽之文，也是一篇待人處事的警世文。警世的語調順勢聯結到了輯六的〈放過自己求生指南〉，雖然名為放過自己，騷夏在輯六卻露出了一部分嚴厲的自我。寫出版職場經驗的散文，談的多是人情的二修進化。放過自己是一種進化，考量他人的心情，則是一種進化後的富裕。社畜之難各自不同，但是，如何從難中得自由，卻是日日風雪日日春的修行了。

難以忘懷小時候的漫畫《七龍珠》，只要收集足夠的願望寶石，就能召喚出神龍，達成願望。長大以後想，原來一顆又一顆的龍珠，都是人生苦難，一劫過一劫。那麼，真正的神龍又是甚麼呢？騎龍觀音原非神蹟，只是故事的錯置嫁接；人生的劫難也不必然全屬禍事，轉念可以是喜事。懷著初心踏入紅塵，轉身發現初心被蹂躪，期待後面是幻滅，那麼，有沒有可能，在散文的反覆鋪寫之中重新敘事人生的藍圖，把自己從野豬騎士轉生成騎龍觀音？如果說，人生萬事皆為初版，那麼，散文的敘寫，是否就是一種對自己的二版再刷？回到傅柯的話，文學在上，如果文字是一種人生的再版，辭彙都是化身中的碎片：「既不全為假像，亦非完全等同。」那麼，文學算不算是我們的願望寶石？萬千法相的折射與擬像，可以救世，也可以滅世，端看收集寶石的人，心之造化。

（潘家欣，圖像與文字跨域創作者。著有散文集《玩物誌》；詩集《如蜜帖》、《負子獸》等八冊；藝術文集《藝術家的一日廚房──學校沒教的藝術史：向26位藝壇大師致敬的家常菜》。）

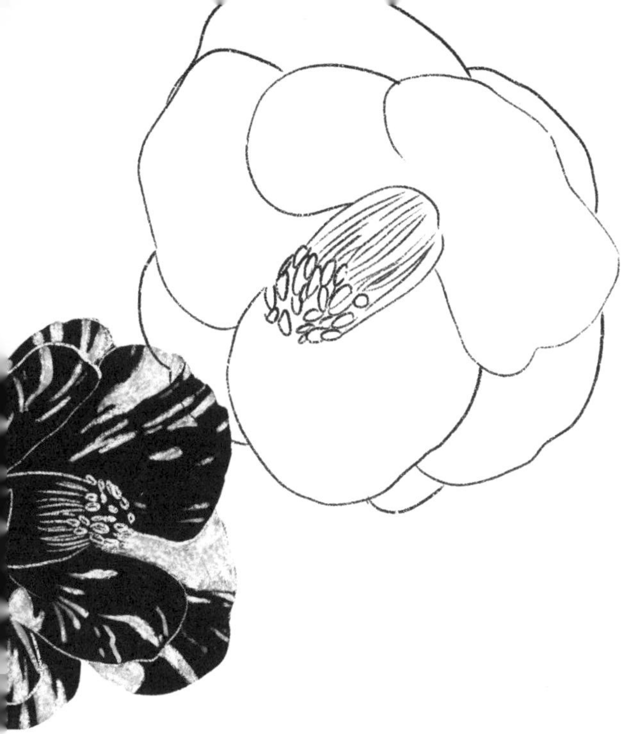

輯一

騎龍觀音
無限卡

忽夢年少事

友人的貓走了三年，她問我，看到臉書動態，還是會哭得一塌糊塗，為什麼還是走不出來？我告訴朋友，這很正常啊，我的老狗，算一算，死去超過二十年了，還是會想念啊。

狗死在我懷裡，我抱著，起先是毋喘氣，我把手靠在狗的胸口，心臟還在跳，跳一下，再跳一下，然後我再也等不到。

我的狗已經死掉超過二十年了，所以，我在學動物離世溝通的時候，心想，第一次連線就連牠吧。我一定不會哭的。冥想的時候，我正攀爬在一棵大樹，高聳入雲的參天巨木。靈魂是主幹，每一世都是一根分岔的樹枝，我選了其中的一枝握緊，俯身往下看。

然後我看到我的狗現在變成一個人了，一個美國人，男生，中學生的樣子，正在學中文，一橫一豎中文字寫得歪歪扭扭，他一筆一劃像是學走路認真，我卻看到過去的我搭著小狗的腳教牠怎麼爬樓梯的疊影。

美國男孩後來跑去海邊衝浪，腳上綁衝浪版的繩子，是橘色的，我一眼認出，因為那是我家狗的牽繩的顏色。

我喊著牠的名字：阿咪啊阿咪啊！喊著喊著我怎麼哭起來了呢？狗記得我，狗的靈魂也問候我，還問我一個奇怪的問題——牠想問我還有沒有在寫作？

狗的靈魂回憶生前，牠最懷念的時光，是我都牽牠散步去買報紙。當時我是高中生，我幻想自己的文章可以登上報紙副刊，稿子寫在稿紙，厚厚的一大疊，摺進信封再去郵寄，但我投了很多稿都石沉大海。反正都要帶狗散步，都要買報紙，一買到報紙就先翻副刊，看有沒有自己的作品登出來。

然後我就去讀大學了，只有放寒暑假的時候我們才會一起去散步，後來聽說這樣投稿法真的太傻，年少的我逼自己快忘了這段羞恥的過去，寫作的天才都嘛是英雄出少年，這種鴨子划水的笨事，還是少讓人知道的好，幸好只有我自己知道。

但，我的狗，竟然記得。

我當場哭倒。「有的，有的，大姊現在有完成當時的夢想了。」「阿咪啊阿咪，大姊姊好想你啊，嗚嗚嗚嗚……」

我家狗的靈魂很替我開心，說他會更認真學中文看懂大姊姊寫的字。——「那麼大姊可以不要寫太難的中文嗎？」

「好的，好的。」哭得東倒西歪的我，在斷線前對狗下了這個承諾。

沒錯，現代詩對學中文的外國人太難了，大姊答應你，決定一定要好好寫散文，我第一本散文集成書的時候，特別整理了一些極短，表面上是當初報紙副刊專欄集結，私底下我其實很想獻給這個——很難言說的理由。

不要管我是不是嗑了什麼，看到一些幻象，至少，我懷著不管怎樣要把散文出成書的心願，讓我完成上一本書。我把見到阿咪這件事講給我家人聽的時候，我媽和我弟、妹也都哭了，因為我們都很愛那隻狗，不管是真是假，聽到牠過得好，真的很不錯。

蟻民的祈禱

我是一個迷信的人嗎？我想應該算是吧。同事說看我拿香拜拜的樣子很專業，還知道開運招財補庫可以寫「疏文」，也就是我們凡人上呈給天神的奏章。在天公面前祈福許願，要以「蟻民」自稱，表示人很渺小的意思……同事覺得這些冷知識實在很酷：「是有看過漫威的《蟻人》，倒是第一次聽到蟻民。」我心中冒出疑問，是都沒有陪長輩拜拜過嗎？

或許是因為來自南部海邊，海口人對媽祖信仰從小耳濡目染，儘管我現在上班要對抗的不是海波浪，但還是有其他的人生漩渦暗流。我迷信其實只是膽子小，有神可以信靠，能力範圍我會儘量虔誠。

但迷信的我也有窒礙難行的時候。新家交屋後，緊鑼密鼓開始裝潢工程，我家是小案，設計圖上的日式侘寂風，實際上是預算拮据的委婉說法。設計師手中有多筆案件同時開工，我看他也是忙到不可開交，調配水電木工泥做輪番在各地進場，眼看感恩月已到，水電拉完，系統廚具施作遲遲沒進場，內心忍不住尖叫：農曆七月真能施工嗎？

掐指算算，我決定不再多問，因為問了也是空虛寂寞。主要是那時我原租屋處已經談好退租時間，新房的房貸和舊承租單位的租金同時在繳，後續裝潢款和搬家款都要付現金，而我的積蓄全擲入買房的頭期款。如果不在農曆七月繼續進行工程，我的金流肯定會有問題！雖然很不想說「窮比鬼可怕」，但當時的確心有戚戚焉。

「那就不要想太多了！」長輩建議我與其心裡惴惴不安，不如多去新家工地巡巡走走，「如果遇到師傅記得請涼水，咱做主人家也不要太小氣。」我嘟噥說：「已經買了運動飲料、綠茶和可樂一箱一箱放在現場，只是工班不喝。」

「飲料是不是沒拆箱？這樣誰好意思喝啊？」長輩再度提醒。

原來我只糾結在迷信，反而忽略了人情世故。很意外勸我不要迷信的，是家中長輩，爸媽提到高雄現在住的家，彼時裝潢也是「抉拄好」，不湊巧到農曆七月還未收工，這些年住得也算平安。

「不是七月才開工拜拜，應該可以吧？」蟻民我誠心向天祈禱。

因為是蟻，所以迷信；因為是蟻，所以路窮則變，變則通。蟻居求省求通，工班難尋，七月裝潢房子相信神明、好兄弟能體諒。

下願

方仲恩是我國小的同學，現在想起來，伊真正是在各方面攏真齊全的囡仔，老師上課問問題伊攏有反應。伊佮意體育課，我記得他很高，身高比周圍的同學要高出二十幾公分，打躲避球的時候大家攏想和他同一組。想起來，我會和伊那麼好，是因為阮坐在隔壁，拄好阮的爸爸攏在同一間大公司，當時仍是國營事業的鋼鐵廠，我爸在Ｌ６部門，方爸爸在Ｌ１的樣子，我們的爸爸都被老師推薦擔任家長會的家長委員。我們在學校成績很好，但是下課阮攏習慣講臺語，但是又想和講臺語同學有一些差別，我們的國語發音就愈來愈標準了。

只有在講小聲話的時陣，特別是講到輝仔的代誌。

輝仔是我和仲恩之間的祕密，我忘了輝仔姓什麼了，阮攏無佮意輝仔。他很吵，坐不住。老師問問題，他也是很愛舉手，但他不是說錯答案，就是愛黑白講，亂講一些不相關的東西。我最火大就的是睏中晝的時陣，輝仔會直直亂、他一直想要找別人講話，不然就故意一直搖椅子，發出各種噪音。

現在想起來，我大概能明白，輝仔其實沒有辦法控制自己，我在想老師方面應該也是知影，所以對輝仔常常比較寬容，中午吵鬧被風紀股長登記的名單如果有輝仔，他也不會被處罰。

但小時候的我和方仲恩當時並不是這樣想，只是覺得老師很不公平：「偏心啦。」當然我們很有默契不會幼稚到和各自的爸爸講這種在學校的小事，特權的觀念我們是有的，特權不需要用在這種小事。

可是我們的憤怒無處發洩。

「咱來下願敢好？」方仲恩誠懇講一件事的時候，眼睛會特別圓。後來長大後，我在地下論壇看過一個偏激的說法：「宗教狂熱者和同性戀都容易有淚光閃閃的眼神。」我毋知方仲恩敢是？但是我記得他淚光閃閃的眼神，我記得他說如果「心不平靜」做事情就不會成功，想要實現什麼就要「心誠則靈」，伊講：爸爸都會教他閉著眼睛深呼吸，然後想像想要的畫面。

方仲恩說他如果在家裡吃飯都要吃素，不過人在學校就不用，我搞不太清楚他家信的是什麼教，吃素不是佛教嗎？他又說不是。

不過我們真的認真地許願了，深呼吸，閉著眼睛，專心想像輝仔不會說話、變安靜、上課不會吵、午睡也不會吵，很專心地許願希望他不要再來上學了，不要再來班上了，不要吵我們，不要再吵我們了。

輝仔有一天真的就沒有來上課了，連月考也沒有來考。老師說他得了腦炎，住院很多天，接下來要請長假。那時候學校剛好放春假，老師想推派幾個同學一起去輝仔家探望他，幫他打氣。

我和方仲恩都是同一批探望小隊成員。

輝仔的媽媽很謝謝老師和我們來看輝仔。她抱著像是變成大狗熊布偶般的輝仔，搖著輝仔的手說：「輝，同學來看你啊。」

可能是因為用藥，輝仔的臉變得很腫，脖子好像沒有力氣那樣所以頭一直歪一邊，輝仔圍著圍兜兜，他的母親一直幫他擦口水。老師要我們一個一個和輝仔握手看著他的眼睛和他說加油。

我和方仲恩後來再也沒有討論輝仔的事了，我決定把這件事忘記。所以他姓什麼我記不起來了，但是他母親喊「輝仔、輝，我的輝仔」的語氣和神情在我腦海太清晰。

當時的我並不知道，不能和我一起上學的，不是只有輝仔。後來連方仲恩也不會和我一起上學了。

方爸爸辭掉工作這件事，連我爸爸也很激動，多少人想進大公司，加班費和年終人人稱羨的薪資，而且再過幾年就可以優退了，過了幾天還聽說，他們連房子也賣了。

「方仲恩如果轉學，以後我們要捐很多錢耶！」爸爸勸不動，用半開玩笑的也勸不動。

方爸爸來學校幫方仲恩轉學，聽說他們要搬到那瑪夏還是甲仙。但我爸說其實不是，他們要搬去錫安山。方媽媽已經先去了，住得很喜歡，所以他們也要搬去。

聽說那是個「聖山」，在那裡過著與世隔絕、自給自足的生活，那邊有他們自己的學校，方仲恩應該也會在那裡上學。詳細情形爸爸也不清楚，不過錫安山是可以開放遊客參觀的。「到時候，我們再開車上山去找他們就好。」爸爸是這樣盤算。

後來我們去了，而且還常常去，年假或連續期假，錫安山都是我家開車小旅行的首選，儘管山路要開很久，但山真的很美，錫安山餐廳裡面賣的野菜和土雞料理以及桂竹筍真好吃。

但是我們問不到，方仲恩一家人的消息，並沒有姓方的一家人住在那裡。爸爸推斷，是不是他們不想被打擾？

當時並不是手機那麼普遍的時代，搬家換了室內電話，很可能就會失聯了。是我爸情報錯誤嗎？他們根本不是搬去錫安山？方爸爸和方仲恩，方家一家人就這樣失去聯絡了。爸爸說L1也有其他人上山，結果，也是一樣，查無此人。方家人的失聯、他們到底有沒有去錫安山？或是他們去了，在裡面不見了？這也是讓我至今對於宗教，充滿高度好奇，但始終無法擁抱的原因。

我面對不安的方式，常常是採取遺忘。方仲恩和輝仔曾經存在嗎？是不是我記錯了什麼？他們都只是我幻想的同學？我後來連臺語也很少講了。

「下願的時陣咱一定要專心喔。」我記得方仲恩說「下願」的嘴形，後來我怎麼都不記得了。

我忘不了方仲恩在午休後下課時間，帶我做的那次「下願」，我們許願希望輝仔不要吵，用兒童的純真無邪，我們當時的確相當相當專注。信仰多大，成就就有多大？

我也忘不了，後來去輝仔他家，老師下指令說，握住輝仔的手和他說加油，看著脖歪頸斜的輝仔，我的手其實伸得很遲疑。可是方仲恩沒有，他很真誠用雙手握著輝仔，閉著眼睛幫他禱告、祝他早日康復，一起回學校上課。

「輝，同學來看你啊。」他母親的聲音一直縈繞在我腦海。

輝仔發燒得腦炎和方仲恩帶我做的「下願」，這兩者之間，當然沒有證據有直接的關係，我常想：只是巧合而已吧？自始至終這件事，只有我和方仲恩知道，而我也再也找不到方仲恩了。

騎龍觀音無限卡

已經忘記是誰給我的，應是小學班上同學，為什麼會給我有點忘了緣由，家人請她發的？記得我一直都放書包隨身攜帶，初心應該是要保佑自己考試順利，當年我無憂無慮的國小生活，會找我麻煩的應該只有成績，只是同學拿出來的都是小虎隊或是少年隊護貝照，我默默珍藏的卻是騎龍觀音。

我手上的騎龍觀音卡，背後註明的是「白衣大士顯像」，後來才知道，手上這張「白衣大士顯像」護貝照，其實是日本畫家原田直次郎的藝術作品，現典藏於東京都國立近代美術館。然而我擁有的神卡後面附錄的圖說，是這樣動感鮮明：「民國四十八年臺灣八七水災，中部地區受災最嚴重，在彰化大肚溪上空，救苦救難觀世音菩薩在空中顯相，有人發現雲彩奇異而拍攝下來。我們可清楚地看出觀音菩薩穿著白衣，右手拿楊柳枝，左手拿淨瓶，站在一條龍上。」儘管家鄉地處臺灣更南端，八七水災也不是我記憶裡會被長輩談論的傷痕記憶。

圖說上面還印有注音版白衣大士神咒：「南無大慈大悲救苦救難廣大靈感觀世音菩薩……」這應該是我人生第一次背得滾瓜爛熟的咒語，學校大考小考隨堂測驗前會唸，路過辦喪事的喪家會唸，看見小動物被路殺會唸，沒有駕照偷偷騎機車會唸，海邊游泳快溺水也會唸，夜遊墳場區更是要唸……騎龍觀音也好，白衣大士也好，南無觀世音菩薩也好，當時沒有信用卡的我，我已經把神卡當成無限卡在用在許願，也是一種天真無邪。

是不是真有效果，我也是半信半疑，但持咒至少讓我有片段專注不會胡思亂想，對屁孩來說，相信騎龍觀音比相信聖誕老人狂多了，至少神卡不小心掉出來不怕被同儕嘲笑霸凌，混宮廟的同學也會認同：這有保庇耶。

騎龍觀音無限卡一直放在我的書包裡，國小的、國中的、高中的，不知暗中擋了多少凶災劫煞，我後來不知道遺失在哪裡，只是也就不能再補發了。

祭改記

同事趁著中午吃飯時間揪團去慈祐宮點光明燈，新春時節正巧遇到祭改法會，廟前已搭起棚架，供奉「小三牲」，另一邊的供桌上滿滿放著信眾疊好的衣服，衣服上都蓋好聖母寶印，據說儀式結束後帶回去穿可常保平安。祭解是道教消災解厄的科儀，用「祭」祀「解」厄，慈祐宮神恩浩大排場驚人，同事看得新奇，想拿手機拍又不太敢拍。

問起來，原來同事們只有我參加過祭改，多半只聽父母那輩人講過，宗教信仰遇到斷層，家家有各自的不得已。例如過年期間我家長輩的話題圍繞在現代人買房家裡都沒神明廳，我不敢吭聲，能在臺北買的坪數就是這麼小，祖先看了會不會反而傷心？拜與不拜都屬個人自由意志，雖然家裡沒有神明桌，但是說到拜拜，我應該算是迷信的人，像每年只有五至七次的天赦日，是向玉皇大帝請求開恩赦罪的好日子，我會設好手機鬧鐘，一如提醒近期星相是不是在水星逆行。

人生第一次去祭改，是那年夏天連出兩次車禍，機車的車架都被撞歪了，花了不少錢修車，公司上班也不順，外發美編被主管退件不認帳，設計費險些發不出來，弄得自己裡外不是人。有在拜拜的朋友建議我跑一趟景美，去某神壇做祭改，見我有點猶豫，朋友用看醫生當比喻，大廟也有做祭改，但是時間恐怕不能配合你，我看你這個是「急診」，是不是要趕緊處理？

我特別在上班日請假，但是就連去祭改的路上，還是被巷子裡衝出來的計程車撞個正著。我躺在柏油路看著顛倒的街景和臺北難得無雲的天空，心想事不過三，老天你是不是可以放過我了？人只有皮肉擦傷，做筆錄時，我聽計程車司機自陳是因為載乘客趕時間，想想算了都是討生活，警察幫我把車牽起來，油門還可以發動，也就當場和解，各自前往人生下一站。因為這場插播小意外，讓我抵達祭改的時間比預期晚，現場排隊的人相當多，登記了自己的名字和生辰，交出一件代表自己的上衣，排好梯次，聽著廟方指導開始跟著道長參拜。

廟方在紙紮的替身小人上，用工整的毛筆字寫上我的資料，另外的紙紮物看來都是古樸的銅版印刷；後來上網查，那是代表厄運的五鬼白虎天狗和童子關。搭配一盤從冰箱拿出來的豆乾、鴨蛋和五花肉，這三樣俗稱「小三牲」，鴨蛋取諧音「壓」

煞，五花肉貢獻給冤親債主，豆乾諧音是「官」討吉祥。我實在太好奇作勢想要拿手機拍攝，當然被阻止。

法會儀式告一個段落，道長會逐一幫每位參與者擲筊確認是否圓滿，只是輪到我的時候，一直「擲無筊」，手裡拿香的我內心和手心冷汗直流，暗暗祈求大廳的威武的鍾馗可以幫忙度我……廟方領我點香再拜一次，幸好，三個聖筊就出現了。接下來跨過火爐、上衣蓋印，科儀大致完成。

待領淨符回家化掉沐浴，排隊信眾多，我又被隊伍擠到靠近神桌旁的走道，道長和我使個眼神說：「不要站在那裡！那裡是要給煞出去的地方，不要剛剛的都白做了！」想想我這個人真是很容易踩到雷區，寧可信其有還是要的。

超譯還是溝通

想盤點一下中國古籍裡會動物溝通的文獻資料。最有名的大概是孔子的女婿公冶長──《論語．公冶長篇》：「子謂公冶長，『可妻也。雖在縲絏之中，非其罪也』。以其子妻之。」孔子說公冶長這個人雖然身陷牢獄之災，但不是他的錯，可以考慮把女兒嫁給他。

簡單搜尋可以查到公冶長懂鳥語，因聽到鳥說有人死在溪邊，因此被誤認人是他殺的而入獄，後來證明他真的聽得懂雀語，所以洗清冤屈。《論釋》云：「後又解豬及燕語，屢驗，於是得放。」能逃過冤獄，又得到至聖先師信任，公冶長的傳奇在網路上的資料很多，可以說是動物溝通界的人生勝利組。

另一筆是聽得懂牛話的介葛盧──《春秋．僖公二十九年》：「介葛盧聞牛鳴，曰：『是生三犧，皆用之矣，其音云。』問之而信。」介葛盧聽到有牛悲傷哞叫響徹雲霄，問牛為什麼哭？牛說我生的三隻小牛，都被用去祭祀了。三犧這裡除了指三隻小牛，用在祭祀還要純色漂亮的小牛。

我三個漂亮的孩子都被抓去祭祀了。牛一次生一胎，推測牛媽媽連生三次，小牛都犧牲了，所以相當悲傷。我想到《搶救雷恩大兵》雷恩的媽媽。

介葛盧是介國國君，介國這條線還可以查到《列子》——「今東方介氏之國，其國人數數解六畜之語者。」看起來這個東方介氏之國很多人會動物溝通。依稀記得念中文系的時候，《列子》好像是被歸在非主流，但現在看起來訊息量超高——《列子．黃帝》我們可以看到黃帝帶著各種凶猛動物和炎帝打群架的記載：「黃帝與炎帝戰於阪泉之野，率熊、羆、狼、豹、貙、虎為前驅，鵰、鶡、鷹、鳶為旗幟。」率領動物打先鋒我個人覺得實在奸詐；堯的時代「堯使夔典樂，擊石拊石，百獸率舞；簫韶九成，鳳皇來儀。」「百獸率舞」、鳳皇來儀」真是華麗的描述，我想到迪士尼動畫《獅子王》的畫面。

《周禮．秋官》可見：「夷隸，百有二十人；貉隸，百有二十人……夷隸掌役牧人，養牛馬，與鳥言……貉隸……掌與獸言。」這段應該是動物溝通在古籍裡比較有正當性的記載。這各一百二十人的編制，記錄了懂鳥言的「夷隸」和懂獸言的「貉隸」。東漢經學家鄭玄註解：「征東北夷所獲。凡隸眾矣，此其選以為役員，其餘謂之隸民。」《周禮．秋官．貉隸》：「掌役服不氏，而養獸，而教擾之。掌與獸言。」會動物溝通的東北夷，和《列子》說的「今東方介氏之國，其國人數數解六畜之語者。」是否同一國人？我想先打個問號，待確認。至少中國第一本記錄官制的《周禮》，記載人類會動物溝通，而且還有給職，這是不難查到的佐證。

以上這些都是我報名上動物溝通課之前，幫自己找到的讀書筆記。對我來說，這是一個過程，為什麼會想上課？授課報名的表單，也會問你這一題：「你是為了什麼而來？」

我是直覺思考的人，會做什麼，會去哪裡，通常都不會去想，就像宇宙大爆炸的「第一因」。卻又如此謹小慎微，我解讀到我自己有一種「緊緊的」、「卡卡的」狀態，就像寫作文章時，身體本能讓華麗辭藻頻頻堆疊在某一些段落，我大概就知道，這段我可能有點過不去，這段我沒有寫得很好，這段我抱持懷疑。

是的，我是懷疑的，這個部分我是不想否認的，我相信又懷疑。

在靈視的冥想練習，我一面享受靈性動物給我如神諭般的啟示，也同時懷疑，剛剛上課的時候老師燒了那麼多聖木、雪松和白鼠尾草，這一切會不會因為缺氧現象造成我的幻覺？又如，蒐集各種水晶礦石來當療癒工具，也要有心理準備，買到的可能是假貨。但什麼是假，什麼又是真呢？如果天然水晶是真品，和天然相反的「人工養晶」是假貨，但科學成分一樣的人工水晶不也是一種水晶？買到養晶的不愉快經驗，難道不是珍貴的經驗嗎？難道不能尊稱這顆養晶是「老師」嗎？

希望自己是帶著有覺知的練習者。但也常被有靈性的同儕譏笑，因為「腦的作用太強」所以不夠放手，導致層次太低。

那我真學會動物溝通了嗎？

我想去學動物溝通是因為家裡的黑貓大約在二歲時出現異食癖和過度舔毛的問題，身體指數一切正常，拉屎拉尿好吃又好睡，能找得出的理由，大概就是「心因性」問題。醫生建議用茶胺酸、貓費洛蒙和戴頭套控制，試了一年不太見效，脫毛範圍愈來愈大。意志力薄弱的我決定尋求宗教療法，於是開啟了我的求道之路。

「你不是已經去學了，可是家裡的貓舔毛還是沒有好啊？」是，沒有錯，有時候遇到詰問，我也不知道該說什麼才好。

「那貓舔毛的原因是什麼？我想知道原因啊，你的貓沒有跟你講嗎？因為我也想去學啊，想聽到你學完後的感想……」會講話就會溝通嗎？我一向拙於溝通，就算人與人之間語言相通，也不一定能溝通，我的朋友只想聽我的經驗值給自己參考。

我當然可以與朋友分享我的學習歷程，甚至很可以「超譯」告訴她，我「感覺」我家的貓就是忍不住想要去咬毛和咬塑膠袋，我的貓「就是忍不住」。

翻譯簡單，溝通很難。於是，我決定沉默，決定默默放棄這個朋友。

最後補充，舔毛和異食癖在疫情期間已漸漸好轉，大概是因為居家上班的緣故，後來我們也搬家了，搬到比較乾燥通風的高樓層，皮革愈來愈亮了。

神的扭蛋機

一九七八年我出生了。我讀中小學的那個時代流行花俏的國語辭典，字典後面附錄挾帶百科全書功能，有彩色印刷的萬國旗和汽車廠牌標誌，酷一點的還有昆蟲的完全變態和不完全變態的圖說，當然，國際大事年表是標配。查國際大事年表看看自己出生那年有什麼事，就像是自己生日那天有什麼名人一樣，有助加深自己的存在感。

一九七八年有中美斷交，小學高年級遇到六四，接下來是國中時柏林圍牆倒塌、波灣戰爭、野百合學運、總統直選。我一九九七年念大學，剛好是香港回歸。野百合之後，太陽花之前，被說是無可抵抗的一代，至少政黨輪替是看得到的、同志婚姻平權是看得到的。

還有疫情，一開始真的以為，疫情只有在人間一季，想不到大疫一連三年，國境封鎖、停機坪滿滿都是飛行器，而此刻很多人都在訂機票，口罩強制令都解封了，確診也不用強制隔離。

身為寫字的人，橫跨整個 COVID-19 疫情產出作品，像是戴著口罩那樣呼吸困難，自己重新審視，常覺得敘述者「我」簡直是兩個人，有顯著不同。到底是要維持原狀，或是要打掉重練，我一直在拔河。改變不一定會變好，比較恐怖的，它可能變得更壞。

很多事不如預期，缺席的卻也來了新的驚喜。疫情是不得不直球對決的部分，疫情之前和疫情之後看到的，心境有明顯的不同，雖然創作是精神性的勞動，但物理上的保持社交距離和國境封鎖，個人的意識仍會被旋轉，生命場景仍舊不停轉動。

像是轉動扭蛋機發出的「喀喀」，命運的扭蛋掉下來。

例如買房，從沒想過一年連續買兩次陰宅，接下來首購買陽宅。又例如因為疫情開始的「自煮管理」，我斷開每天都要吃三餐的規律，並且戒了糖，物理上瘦了八公斤，體檢完數據除了近視之外都在正常值，讓人開心。

而我終究搬離住了十三年的家了，那個有大玻璃窗，窗外有棵老樟樹環繞守護的四十多年公寓。

那間房子和我同歲數，我以為我會買下它的，不知多少日夜，我從客廳朝著窗外的老樟樹跪拜磕頭：「大樹公啊，拜託讓我一直住下來吧。」

扭蛋機「喀喀」，命運的扭蛋又再次掉下來——另有一間新的房子在等我。

搬家讓我重新認識自己，原來我以為我是一個熱愛斷捨離的人，我的搬家費非常省，我沒有什麼大型家具，小車一車臺幣三千六百元搞定。

但實際上並不是。喜歡的襯衫我會一次買兩件，喜歡的植物，同樣的買兩棵，書比較麻煩，常會發現一樣的書，有好幾本，並不是因為重複買了所以忘記，而是太喜歡，所以不忍心書流浪在外，所以買回來。臺灣的出版品又常有經典作新裝上市的行銷手法，改版必買，就會有很多很多版本。我那些很少的東西，很多都是重複的東西。

搬家讓我更發現我自己，原來有很多扭蛋玩具，藏在我自己都忘記的抽屜。每一顆扭蛋出來的蛋都是未知，我以為我是一個害怕未知、耽溺穩定的人，拉開扭蛋抽屜的瞬間，我並沒有松鼠發現松果的驚喜，比較多的是驚嚇，扭蛋讓我發現我自己，感覺自己打臉自己打得啪啪響。

我究竟是害怕未知，還是熱愛未知呢?伸手轉動那台扭蛋機的可是神哪。

籤詩之間

我人生讀的第一首詩，應該是旗津天后宮的籤詩。抽出聖籤，心裡默問是不是這支？跪求三個聖筊，看長輩的大手從小抽屜拿取和籤條對應的籤文紙，詩的內容是與我有關的未知。

我求神，神給我詩，神如何讀我，代表詩如何讀我——第五七籤癸巳「白蛇精遇許漢文」：勸君把定心莫慮／前途清吉得運時／到底中間無大事／又遇神仙守安居。

解籤人點點頭，長輩拍胸脯說好佳哉！籤詩這樣解讀我的命運：今年無大事，這是一支中上籤。

然而當時尚小的我充滿疑惑：白蛇精遇許漢文，到底我是白蛇精，還是許漢文？我帶著疑惑長大，沒有人告訴我答案，就像我常帶著疑惑讀詩，詩的解釋，也常常不只有一種答案。

農曆過年回旗津老家天后宮拜拜，我又抽到同一首籤詩。這些年來，除了籤詩，我也在不同地方相遇各種不同的詩，對於詩的形式與想像也更豐富了。很多地方都可以遇到詩，在課堂上、在車廂裡、在詩集、在社群、在謾罵、在愛恨……在各種疊影裡，我總是忘不了籤詩給的天啟，儘管依舊不太確定，到底詩裡說的我是指白蛇精，還是許漢文？好曖昧，就像我讀詩，偶爾懂，偶爾不懂。

現在不用親身到廟裡，求籤這件事在手機上也能做。東港鎮海宮、北港朝天宮、新港奉天宮、鹿港天后宮、省城隍爺……許多大廟的官網都有線上靈籤服務，線上擲筊線上抽。文學獎會中嗎？轉職可以嗎？那個人會愛我嗎？長輩的身體平安嗎？籤詩的內容若不懂也可以查詢茫茫網海各路說法，神準的傳說也在社群平台上流傳。

線上求籤雖然便利，但想到神明會降臨到手機，本來軟爛癱坐在沙發上的我，還是會端坐起來；省去點香與跪拜，至少服裝儀容等基本禮貌還是要有吧？心中默念自己的資料和想問的問題，誠意送出，螢幕上動畫跳出今日的籤詩。

這籤是好還是不好呢？可以再問一次嗎？

同一個問題，我常因為問不到心中期待的答案，而奸詐地更換問法，想求一線曙光，或是問出一個線頭，抽絲剝繭地繼續問下去。如果臉皮厚、時間多的話，感覺可以無止境地和神明尬聊下去。

只是冥冥之中，天機不可洩漏，重新整理後，得到這樣一支籤：君爾何須問聖跡／自己心中皆有益／於今且看月中旬／凶事脫出化成吉。

籤詩的意思讓人細思極恐，難道是神明被我煩到要我不要再問了嗎？雖然凶事化吉，我仍然感到害怕。

解籤的電光一閃，就跟詩，跟預言，跟星象一樣，都是一種隱喻，而隱喻是給人放在心上的，不是拿來問個水落石出的。

地基主的雞湯

燉了一鍋雞湯，土雞腿和現削牛蒡還有日月潭香菇，打開電鍋的瞬間覺得甚是完美。腦中浮現的第一個念頭是：嘩！這個地基主吃到應該會很開心吧！

地基主？

看到好吃的食物我想到的不是家人朋友竟然是地基主。我的人際關係到底出現什麼問題。想想其實也相當合理，地基主是家神，自立門戶多年的我，遇到盡人事也無能為力之事，第一時間我都會去拜拜，特別是房子的困難，土地公和地基主都是我傾吐的對象。

地基主要吃雞腿的「知識」並不是來自我媽，而是來自前公司。在應該拜拜的日子，總務部會很積極要求各部門一定要買雞腿便當，打一個矮桌或矮板凳，擺上筷子和米酒，中午後誠心拜一下，祈求業務欣榮。

雞腿似乎是必備的供品，在家拜的時候，我偶爾會去買麥當勞或是肯德基，但雞湯是最理想的，想想，是有什麼典故嗎？沒有，純粹只是因為我自己愛，好東西要和好朋友分享。

小眾生

疫情讓許多人找回自煮的習慣，我也不例外，但我因為廚藝不精，調味料下得又不夠心狠手辣，做出來的食物實在難滿足對美食的追求，食量就慢慢變少了，洗碗清廚房又很麻煩，漸漸就養成只煮一餐飯的懶惰。想不到就這樣誤打誤撞開啟了我的斷食探索。

斷食不是不吃，是比較長時間不吃。比較精準的說法叫「間歇性斷食」，讓一日三餐變成一日一餐到兩餐。疫情趨緩，斷食已成習慣，沒有什麼目標，強度隨意調整，假日一人在家特別好操作，就是很開心和自己玩的遊戲，看看身體的極限會在哪裡。

崇尚斷食者常見一個講法：吃三餐是工業革命後才有的習慣。突破定時、定量的飲食，隱隱也是反對奴性、揭示自由意志的表徵。好吧，想想一開始只是發懶，竟然順勢收割變成會思考的人，好像也是不錯。

每日進食的那一到兩餐，我讓自己飽足。吃飽了，就沒有想到要吃，不吃就是不想吃而已。自知自己是個沒有什麼意志力的人，如果真的餓到受不了，估計以自己的個性也不會委屈自己不吃。畢竟肚子餓還是很難忍受的。

肚子餓又是誰在餓呢？我嗎？只有我嗎？

當紅的科普健康話題都說大腸像是個發酵場，培養腸道益生菌，有助健康。身體腸道的微生物群，和人是共生結構，人吃食物，餵飽了自己，也餵飽了體內幾億的好菌與壞菌，我想到佛教師父臨齋前帶領大家唸的「供養偈」：供養佛，供養法，供養僧，供養一切眾生。想到自己腸道裡有「小眾生」感覺非常微妙。

吃到肚子裡的東西，似乎就要更認真了——我是餵養我腸道小眾生的飼養員，想要吃什麼，有可能不是我想吃，一天如果只吃一餐，那我應該要像供佛一樣慎重？我想吃什麼？是我想吃嗎？還是腸道內的「小眾生」呢？我只是一個宿主？旅行到外地吃別處的食物，或是和多和朋友社交，據說也是可以增加腸道菌種多樣的方法。不喜歡邀請別人到我家的我，開始自我懷疑：難道要因此更常對外開放？

都說斷食可以幫助冥想，身為宿主的我，大概只是想到以上這個程度而已，偶而還會想到宿便。

更年

我的瑜珈課練習課有點特別。不是體位法的追求，比較著重呼吸法和伸展的層面。很喜歡老師上課時對呼吸的比喻：吸氣就好比把一尊神明請到身體裡來，止息是讓神明停留在身體裡面，呼氣就是緩緩送走神明。

班級成員的組成是邀請制，大抵是老師五專時的同學，上課間他們常常憶起新聞系的少女時光，偶爾還會唱起五年級的民歌，像是在開每周同學會。

「哼歌是生活快不快樂的指標喔」少女們多數已在職場擔任主管職，家裡正有面臨考大學的孩子，存在感很低但還是會來接下課的丈夫，還有常跑醫院失控的父母。身為班上年紀最小的成員，少女們讓我參與他們的歌聲，還有行到這個年紀的要面對的煩惱。

瑜珈課的時間是在上班族的下班後，常接近遲到邊緣的我，總是拖著上班一天後被蹂躪成破布娃娃的身體，趕著進教室。早一點到就能聽到少女同學會最後幾首歌，晚一點大夥就已經就定坐姿，進行呼吸練習了。

真正進去動作前，老師還會再次確認本周每人的身體狀況：「生理期嗎？」有些瑜珈動作例如：倒立，在生理女的生理期不建議施作。「好久沒來了呢」、「半年都沒看到了，想不到昨天又出現了」、「兩個月沒有來，我還以為我又懷孕了，想想怎麼可能哈哈……」

比對少女們捉摸不定的經期，我還會自嘲我的生理期比我上課來的準時，而我知道這只是「此一時」而已，從現在開始的每一天，我正走向更年。老師總是笑著對說：「你要珍惜」。

「珍惜什麼呢？我又不生小孩。」話說出口，我害怕極了，我第一時間膝反射的回答，還是根深在女性身體的生物生殖性。

珍惜對我來說，目前有點抽象，但另一方面這代表我還可以情感綿長的細細揣想，關於更年的想像，感謝少女，每週幫我拼湊一點點。

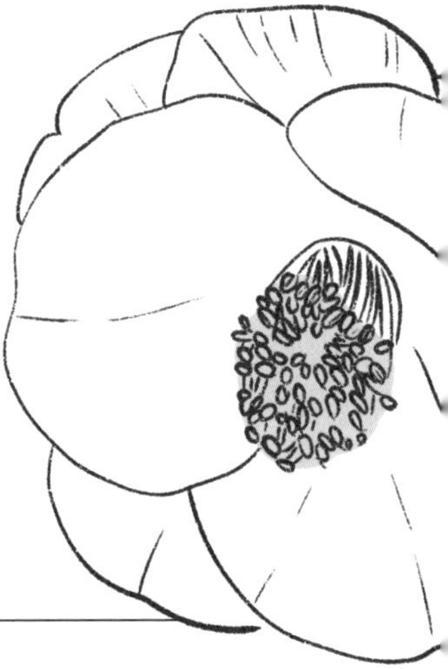

輯二

忘憂
孟婆湯

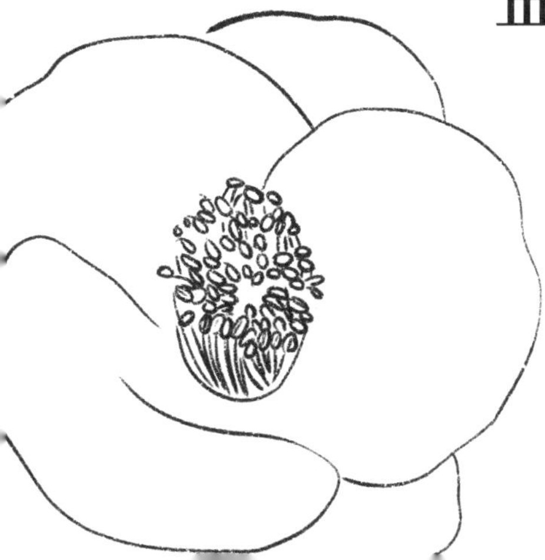

忘憂孟婆湯

外公走後，生活繼續旋轉，無意中才發現我書桌的月曆一直停在五月忘了翻，想不到時序來到七月，外婆也走了，在這個動不動就手機拍照錄影的時代，關於喪禮見聞，有時還是會顧忌這到底可不可以拍？很多事必須變成文字敘述或是口說歷史，畢竟很多經典的畫面，真不適合打卡上傳。

我想到小時候長輩給我們說的民間故事「十兄弟」：大哥力氣大、二哥手腳長、三哥善游泳、四哥食量大……十個兄弟都有自己的特異功能，但就是在狗急跳牆危急的時候才會展現，兄弟同心協力最後度過難關。喪禮也是一面鏡，子孫們的專長都會一一現形：會寫作的去寫祭文、懂得買房的去買陰宅、會動物溝通的請浪浪不要吹狗雷、會哭的也會爭產、不孝陽世子孫在靈堂玩動森（業力立刻引爆 SWITCH 螢幕不慎刮到一痕）、不孝陽世子孫在家族 LINE 群組請假：早上大便大不出來，所以今天就不去靈堂了……都說辦一次喪禮人會老三歲，今年我家的人一次老六歲。我想，如果外公外婆有什麼禮物給我，不孝陽世子孫我，開始有點自我懷疑：是否我還是太乖？但願自己下半生活得更任性。

外婆出殯前一天，我正要去行政處問三小時五百元的靈堂冷氣費要怎麼結清，遇到「忘憂孟婆湯」Grandma Meng's Soup外送員遞給我手搖杯傳單：孟婆湯（紅茶．斯里蘭卡）、忘川水（綠茶．臺灣），甜度冰塊可調，外送員向我肅穆點頭：「一杯就可以外送喔。」心中暗暗讚歎這真是接地氣的文創飲料，不孝陽世子孫喝完這一杯，人生還要繼續。我點頭回禮，心中默默謝謝體恤，祝生意興隆。

家族群組

從外公喪事群組退群不到三個月，我又被拉進「金老夫人百年」群組。群組是禮儀公司設的，用於守喪期間溝通和傳達，兩個月前原班人馬，同一家族，同一禮儀公司，LINE頭像皆是同一張白蓮花，變的只有群組名：金老先生改成金老夫人。

想想也是感傷，第一次加外公外婆LINE，就是加兩老的治喪群組，此生也沒有機會收到他們的長輩貼圖。

「家人平安」禮儀公司發文的起手式，先請家族長子準備身分證領尊體，請醫生開立死亡證明，接下來是豎靈，往生後辦理的行政手續可以打給代書，為了避免刷屏還把治喪出殯流程表、長輩的百日和對年還各別做成大圖貼在記事本和相簿。甚至會貼心提醒：退群請先將重要資訊和圖片存檔。

「家人平安：以上資訊比較多，但都很重要，請家人撥冗詳讀。」

此後塔位元方向、靈堂規格、訃聞校對、墓碑字樣是要寫出生地還堂號？都在線上確認，公平通知筆筆清楚，誰都可以有意見。

遺照要不要修圖這件事，我的家人討論最多，外婆的遺照沒有什麼大問題，雖然我對她頭髮去背太粗糙頗不滿意，還有背景的祥雲，一定要藍天白雲當背景嗎？不知家裡還有沒有別人，和我一樣按捺自己，要不要在群組發言？

外公在戰亂時傷了右眼，遺照要如實重現先人面貌？還是要用 Photoshop 修圖？家人線上或線下討論了幾回合，禮儀公司要輸出前一刻，仍然有人忽然衝出來說希望要改。

「家人平安：昨天已和家人確認，修圖太過會失真，那想改怎樣呢？」

難道不能有完整漂亮的眼睛嗎？（可以當然可以，Photoshop 要怎麼修都可以，可是這個不是昨天說過了，這樣就不像爺爺了。）

你們難道要讓爺爺大小眼嗎？（支持寫實派的子孫覺得累，最後放棄。）

「家人平安：照片已修圖，請家人再次核對。」

外公在遺照於是有了全新的眼睛。

金公館

外公離開了，九十五歲逝世於旗津，他打造的「金公館」。黑色的圓盤電話，話筒還拿不太穩，但我很喜歡去接，「金公館您好，請問您要找誰？」是我學會的第一句電話招呼語。客廳的大鐘每整點都會報時，幾點響幾下，半點響一下，認時間也是他教會我的。

當然他教會我的還有很多，多數是玩樂，養畫眉、鬥蟋蟀、盆栽造景，當時我們家有與成人一般高的薔薇花叢，會開出和拳頭一樣大的花苞。當然還有教我書法習字，平劇聽戲，煞有文化的樣子，當時都是基於好玩。

我是外公的第一個孫子，父姓黃，母親恰巧姓金，「黃金聯姻」的第一代，真的是名副其實的「金孫」。

外公是沉默寡言的摩羯座，和他相比，我是小話癆，但，對於金孫的寵溺不用出一張嘴，至今我能依稀記得自己在地板打滾或在車水馬龍的鹽埕區街頭哭鬧的印象，生肖屬虎的他，卻從沒兇過我。大一點，我離開旗津去前鎮唸小學，離開的那天我找不到他，外公躲在屋後掉眼淚。

大抵是個溫文儒雅之人，所以我不懂在當時好好的少爺為何會跑去從軍，為了可以當兵身分證上的出生年次比實際年齡虛報一歲，是被抓嗎？小話嘮問了他幾次都也都不回答。

不似他的幾位「老芋仔」朋友，談到反共抗日都有慷慨激昂的起手勢：「想當年我在打徐蚌會戰的時候……，」相反的，外公他都會寧靜遠目。金公館的客廳也不會擺那種永懷領袖的蔣中正照片。唯一聽過他提起戰爭的細節是有次他看我搭麗星遊輪數位相機裡的照片——

「好漂亮的船。」他有點興趣。

「很那你會暈船嗎？」我說不會。

「我也不會，打戰的時候怎麼炸我都不會暈。」

海軍退役後，他在兵工廠上班退休。餘生最多的時間給了客廳的電視，我發現他和我一樣都喜歡看 Discovery 和動物星球頻道，動物是一個很可以聊的話題。

「貓呢？有背回來嗎？」每次他都會問起我的貓。然後提到他小時養的貓，冬天的時候他會讓貓一起睡在炕上。

那年是悲傷的母親節，我母親相當悲傷，但我想時間是他選好的，趁疫情趨緩、趁節日剛好都會回來，最後一次告別，回金公館，我們只談天氣好。

野台開唱

停靈處有個暫時的門牌，慈恩園某號，和殯儀生命園區租借，當成是先人告別式前暫時的居所。尋常百姓家的小型家祭一如我們，就也不另租靈堂，訃聞上告別式的地址就是填這裡，輓聯花圈花籃罐頭塔就是送到這裡。

外祖父母三個月內相偕離去，跪著誦經，口袋裡手機常常滋滋作響，不是什麼靈界通訊，LINE訊息顯示來自公司群組，一開始很氣，喪假都請了，這樣急找，每一件事都標註，是誰要替我跪靈堂嗎？後來也就放下，LINE訊息放著讓它震動讓它跳，讓它跟著阿彌陀佛佛號一起迴向。

下午有法會，和家人步行去不遠處的道觀，唸完經走回來大約下午四點多，回來的路上，也會看到別人家都在做甚麼。外公的喪禮期間我比較避諱，頭垂垂地路過別人家，誰知不久後又輪到外婆，原班人馬又回到慈恩園。

大抵接下會有什麼儀式還要做什麼，還有點記憶，有時候記憶也會重疊，以為都做完了，其實還沒。

入塔前幾天，有時蓮花元寶摺累了，就和弟弟在左鄰右舍附近小走一下。滯洪池裡一直有一隻白色的大鴨子，上次外公的喪禮牠就在了，外婆的這次鴨子還在這裡，未說先猜，這應該是祭祀後放生的吧？

「對阿我們家應該也要做……」禮儀公司指的是「祭空棺」的儀式，大概是家中在百日內連續有人過世，要避免「接二連三」，要多買一個小棺材和草人。儀式還需要活鴨，鴨和壓諧音，用鴨壓制煞氣，然後要放生……於是，滯洪池那隻鴨子的生平梗概，我已經自行腦補完成。

「當然現在都有改良的方法了……空棺材是紙做的，活鴨也可用布偶取代了，那隻鴨子應該是循古禮……」我每問一個問題，都會增加一點冷知識，當然，希望這是知道、最好不會用到的冷知識。

紅燈籠、粉紅燈籠、白燈籠都有代表往生者的年紀，家家戶戶播放自己的誦經，今天有跳牽亡魂陣，明天有孝女白琴，這幾天來了大戶人家，除了常見花圈罐頭塔，他們家的治喪擺飾還放著兩尊威風的大靈獅，像是兩隻白色大波斯在玻璃櫃，嘴裡咬著寫著「靈獅接引」、「花開見佛」的輓聯，比起強風一颳，就被吹得東倒西歪的花圈和花籃，鎮煞又有排場。

公司群組的LINE還是一直震動一直跳，看來今天大家都很忙，不用上班真好，之前因為癌症請假化療的同事曾說，如果化療和上班要選一個她可能會選化療，當時我很不解，但一樣的問題今天問我，靈堂和公司選一個？我想我也會選靈堂。麥克風拼大聲也拼排場，我有一點錯覺現在是不是置身在野台開唱，各家的靈堂是的各自舞臺，園區依各宗教信仰規劃，佛、道教法會專區，基督教、天主教追思廳。人生電光石火，英雄來自四面八方，中學課本讀過的袁枚〈祭妹文〉說：「羈魂有伴，當不孤寂」我在此有新解，最後一哩路，一起熱鬧一下。

「好了該回去了，大體SPA的人快來了，等等精油要選口味呢。」家人提醒我。等等外婆淨身完就要穿衣、化妝，明天就要告別式了。我想起上次幫外公洗大體時，洗澡水的廢水管子，SPA師直接拉到滯洪池排掉，今天該不會也是吧？難怪靠近滯洪池有一股難以言說的味道，似香似腐。

那麼鴨鴨，對不起了。

外婆幫我買玩具

我的 Switch 遊戲機是外婆給我買的最後一個玩具。

當時正值疫情期間，人人瘋搶遊戲機和口罩，所有電商只要一上架，肯定被「秒殺」，接到通知回家奔喪的前一天，我無神地刷著網頁，竟然被我搶到一台 Switch。我和弟弟妹妹嘖嘖稱奇一致認為這是外婆的神蹟，「到時候要輪流玩？」四十幾歲的我們，彷彿變成十幾歲。

「阿嬤，我們真的可以在靈堂打電動嗎？」背離禮教實在不放心，在停靈處我看著外婆遺照擲硬幣靈界通訊，兩枚五十塊沒有猶豫：正反、正反、正反，連續三次「允杯」。阿嬤到底喜歡人多熱鬧，兒孫願意群聚，這是她最後大方給出的寵溺吧？

動物森友會是一款祥和的角色遊戲：無人島的開墾計畫，邀請動物島民一起居住，造橋鋪路開商店博物館，打造烏托邦樂園，沒有鬥毆砍殺的劇情，最殺生的概念是捕蟲和釣魚，我想在佛菩薩面前不至於太失禮，只是直到現在，聽到動森的開機音樂BGM就會帶入靈堂前南無阿彌陀佛的旋律。

外婆從小幫我買的玩具都很酷，國小時我在高雄大立百貨看上一尾擬真假蛇，心心念念非常想要。不立刻買給我的理由是那條假蛇所費不貲，大概可以買兩仙Mattel的芭比。而我知道那個玩具有一天終將會是我的，只是需要師出有名，約莫一個月後的段考，我拿著幾科滿分的考卷和成績單，自行去和外婆「申請」我的第一名禮物，爸爸知道我的行徑據說翻了無數個白眼：果然金孫不是叫假的，從頭到尾沒有人承諾要買給我，但是我就這樣得到了。

假蛇太逼真，我纏在脖子開心回家，逼真到我搭船回旗津的路上，路人小姐都彈開，帶去學校玩，老師也不想沒收，只是後來我發現蛇真的很難融入扮家家酒的劇情，不但不能炫耀，甚至還令我沒有朋友，所以漸漸被我冷落，然後就忽然不見了；多年以後母親與我坦誠，她實在非常害怕蛇，某次趁我上學把那尾蛇拿去丟掉，丟的時候，手還在發抖，因為那條蛇連鱗片都做得很逼真。

外婆啟程的時間和外公遠行差不到三個月，禮儀公司說，通常這樣的情形，紙厝就免買了，夫妻同住一間就好。只是頭七祭拜儀式，擲筊詢問，遲遲跋不到允杯，大舅拉著我上場，還是「擲無筊」。不知是哪個聰明的兒孫想到：難道外婆是不開心沒有自己的房子嗎？

果然，正反、正反、正反，不囉嗦又出現了。

我們選了一棟紙紮歐式典雅三房，隨屋附地契、女僕、管家、司機。紙寵物不要，外婆一向討厭狗和貓，一度還看到型錄裡有紙紮 Switch 遊戲機，像不久前她買給我的那台一樣。

祭文確認表

外公告別式的祭文是我執筆，內容和家人確認過，那是我寫過最難過的一篇散文，寫他打造的「金公館」和家人生活點滴。想不到告別式那天司儀唸出來的完全變成臨場發揮的東拼西湊，先人的生平和遺言都是司儀杜撰的，我披麻帶孝在地上又跪又拜又磕頭，耳朵聽得很痛，白眼翻到讓我從悲傷出戲，是拿到別人家的資料了嗎？我的外公都不是我的外公了。

禮成完畢我的情緒還是過不去，詢問了禮儀公司。

「喔喔喔老師說你那篇不像祭文，那篇是家書……」

所以？

「所以早上你們和金爺爺告別的時候，就一起放在棺木裡了，蓋棺的時候你不是也在嗎？」

所以祭文後來也沒有給司儀？

「而且你們沒有填祭文確認表，所以老師就很辛苦……自己唸了……」

本人寫作生涯最大的遺憾，目前還是很難超越這件事。要說自己自作聰明自己寫祭文？這個理由我是完全不能接受的。回頭找到那張被我忽略的「祭文確認表」，第一時間看來是一些填空表單問卷，在細究之後，這些QA和填空答案，大概是方便司儀因為告別式必須分別擔任兒女及孫輩的口吻宣讀，必須要有的基本資料。自己提供「客製化」的祭文，顯然打亂專業人士工作的「SOP」了。

不到三個月後外婆的告別式，我又收到「祭文確認表」。為了不要讓遺憾再度發生，這次我「學乖了」除了祭文自己寫，「祭文確認表」該填的都有填，聽不慣外人幫哭，那麼，我就自己上臺哭吧。

（金老夫人百年祭文確認表）

1、**先人職業：**持家、家管。

2、**興趣：**美食，吃好吃的東西，如海鮮。

3、**生平重要事蹟：**阿嬤許素珠女士來自屏東里港，少女時期獨自一人來到高雄找頭路。之後與爺爺金之善先生相識結婚。當時因為二二八事件造成的省籍撕裂，外省和本省的聯姻令娘家人無法接受，但阿嬤仍然堅持她的追求，可見她獨立自主的個性。

4、**人生觀處事態度：**節儉儲蓄，也要懂得享受人生。

5、**婚後家庭生活：**家中古董梳妝臺前有一面「永結同心」結婚紀念銅鏡，那是阿嬤和爺爺結婚的紀念。阿嬤跟著爺爺的腳步離開，可以知道他們夫妻倆感情很融洽。阿嬤來自屏東里港、爺爺來自山東平度兩人攜手結婚經營我們的家。育有子女四人，依序為：長女秀蘭、長子言忠、次女玉蘭、次子言華。阿嬤的晚年都是由次子言華親自照顧，報答養育之恩。阿嬤人生的最後在旗津家中長眠，家人縱使有萬般不捨，也希望阿嬤可以脫離肉體痛苦自由自在。

6、**先人對我們的期望：**互相扶持，互相照顧，家和萬事興。

7、**最想和先人講的話：**請阿嬤放下人間的牽掛，跟著佛祖的腳步到到西方極樂世界。

8、**先人做過什麼事讓我們印象深刻的：**每一年爺爺生日，阿嬤總是很細心地張羅，在我們全家團圓開心慶生之餘，也會吩咐我們要切幾塊爺爺的生日蛋糕與鄰居一起分享，好吃的東西要請大家一起吃。但是阿嬤從來沒有過過自己的生日，她總是全心支持這個家。

祭文恭讀請用臺語

祭文恭讀請司儀來唸

孫子輩祭文由外孫女代表上臺唸

（孫子輩代表祭文）

（國語）

長輩、各位親朋好友，我是阿嬤的外孫，謝謝大家來百忙之來到我阿嬤的告別式，阿嬤講臺語，所以接下來我會用臺語宣讀祭文：

（臺語）

阿嬤，我是阿芳，妳的第一個孫，大家攏知道，我和妳最要好，自小漢，妳最疼我。所以，今天我代表弟弟妹妹，阮家ㄟ孫仔輩，來唸這篇對妳的懷念。

阿嬤，還記得小漢ㄟ時，每次回到旗津，妳攏很歡喜，妳會去買很多澎派的好料、好呷的海鮮給阮呷。冰箱一定準備涼仔、汽水，大家攏知道妳最疼孫，最愛大家一起熱鬧。每次我們要回去高雄，妳都會送到門口，阮知影妳很捨不得我們離開，其實我們也是。

每一年爺爺生日，阿嬤你攏用心準備，大家歡歡喜喜呷雞卵糕，哩麻也會吩咐阮要切幾塊送出厝邊，好吃的東西要請大家一起吃。但是阿嬤從來沒有過過自己的生日，你攏想到別人不會想到自己。

我還記得小漢我和妳出門，妳常常說妳不識字，看無路，坐車很不方便，所以妳叫阮愛好好的讀冊，阿嬤，阮知影妳不是不識字，妳讀ㄟ係日本冊，但是妳叫阮要好好讀冊，我和弟弟妹妹攏有好好聽話。不敢講是最上等，但是阮畢業出社會，不管做什麼頭路，大家攏有腳踏實地、好好的打拚。阿嬤妳看妳的孫，現在開枝散葉，有人搬去臺北，有人留在高雄，但是阮和妳保證，不管住哪。阮一定會互相扶持，互相照顧，請妳一定要放心。

阿嬤，現在的妳已經無病無痛，妳可以到佛祖身邊，希望妳無牽無掛，自由自在歡喜作仙。跟著佛祖的腳步去西方極樂世界，感謝妳對阮一生的照顧，阮會永遠思念妳。

跪在靈堂臺前，情緒很難不飽滿，和阿嬤的遺照很近的對看，我看到案頭上的白菊花有幾隻蜜蜂在盤旋，低頭看手稿，用顫抖的哭腔緩緩唸，覺得自己腦袋後面涼颼颼，陣陣強風忽然颳起，悲傷好像更凝結了。

事後妹妹告訴我：「妳知道妳上臺唸祭文真的好好哭喔，爸爸媽媽的山友說我們好用心，祭文還自己寫，我看隔壁同一時段喪家好像也聽，也聽到在抹眼淚……」

喔，這樣子喔。

出境咖啡

「下次不要訂這間咖啡店了，東西又不好喝。」妹妹皺眉，她點的黑咖啡實在太苦。想想，今天早上五點就在靈堂全員集合，一上午又哭又跪又爬，滿身狼狽都是汗，好不容易有地方可坐，想喝冰的又送來熱的，難免情緒發言。只是，是誰想要有「下次」，家人一陣尷尬，這比在靈堂互道再見還讓人尷尬。

我們目前所在的地方叫「出境咖啡」，出境咖啡不是一般的咖啡店，是火化場旁的家屬休息區販賣部。出殯火化的好日子，「出境咖啡」很容易客滿，沒有訂位就得排一下，不過也無需擔心會等太久，這間店翻桌率超高，通常這裡的客人都以家族為單位魚貫進出，一次進來十幾個人，黑色長桌大大小小錯落身著黑色衣服的人們，輪到誰家要去撿骨了，十幾人也會同時起來結帳離開。

出境咖啡賣的咖啡好不好喝？食物好不好吃？我已經完全沒有記憶點，應該也鮮少會有興致上菜後拍食物照吧？怎麼想都不合時宜。

我瞄了一眼吧臺內場，要應付一批一批川流不息的喪家，一單至少五杯起跳的飲料，內場出餐壓力應該爆大吧？

起飛之前的等待人人平等，不管你走的儀式是道教、佛教、天主或基督或任何信仰，身為家屬的我和咖啡廳內多數人一樣，眼睛緊盯牆上跳動的 LED 螢幕。找到先人的名字後，後面會顯示狀態——「準備中」或「火化中」，模仿機場出境的概念，先人起飛，家人送行，用幽默化解往生之痛。

我想起守喪的這幾天，我叫的外送飲料——「孟婆湯」（紅茶）和「忘川水」（綠茶），那是殯儀館周邊讓人過目難忘的飲料店菜單。以上皆有異曲同工之妙，小小莞爾功德無量，讓人在喪禮濃度中用幽默暫時喘息。

螢幕顯示輪到我們家了，火來了快跑！喝一口出境咖啡，觀想先人出境、乘噴射機離去，一路通往我們這幾天誦經的內容、佛典裡的極樂淨土。

先人出境登出，完成「送機」、還在境內的我們起身準備，在禮儀公司的引導下，等一下要撿骨，回靈骨塔安塔位，回家安牌位，接下來吃圓滿飯。

那一年夏天，我們三個月內陸續送走了外公和外婆，接連喝了兩次「出境咖啡」，說實在話，這咖啡的味道的確苦。

阿嬤的陰唇

「恁大伯足久都嘸來看我，我看應該是轉去呀吧？」阿嬤問我的問題，我讓自己放空，我沒有辦法回答。

姑姑暫時離開一下，要我暫時看一下阿嬤，當時躺在石牌榮總病床上的我的阿嬤，已經快一百歲了，我的三個伯父們，都已在早些年離世，遮掩死亡的消息我覺得很合理，這不是要剝奪長輩面對生死的人生學習，而是要讓照顧者比較好過一點而已。

醫生和護士過來巡房，看到我是生面孔，我連忙站起來自報身家：我是阿嬤第四個兒子的小孩。後來想想覺得自己也說得太多，誰都看得出來我只是一個短暫停留，過來「搵豆油」的角色，要歸類天邊孝子也說不上。

「啊，來看阿嬤的孫子真多，聽說你們已經五代同堂了？」我點點頭。

「阿嬤身體檢查超……不正常……她太健康了，指數都不像是要一百歲的人欸，發炎也都好了，明天就可以辦出院囉。」臺北人的幽默要整串聽完。

我和阿嬤真的不太熟，我爸是她四十歲以後意外生下的「尾仔囝」，那是她的第九個孩子。我的大伯父的長子，都比我爸爸年長。九個孩子，八個長大，我有一個冥婚的小姑姑。冥婚的小姑丈原本是在市場賣雞鴨蛋維生，聽說拜拜很虔誠到位，後來投資房地產大賺錢。

撿紅包冥婚真的不是都市傳說，二〇二二年的現今，某日和同事外出吃中飯，紅綠燈路口乍見一個紅包袋。比較年長的男同事一個箭步拉住剛畢業的新同事：「傑夫不要亂撿！撿了會變姐夫！」

阿嬤常說：「恁卵姑仔有保庇」，賣蛋的姑丈，給了來不及長大的姑姑全新的身分，卵姑丈家和阿嬤很親，阿嬤回高雄很常會去住卵姑仔他們家，儘管阿嬤的戶口其實是在我家。

阿嬤很早很早就上來臺北了，爸爸有一半的手足都在臺北，阿嬤很忙，要幫忙照顧三姑姑家庭理髮生意、幫忙二伯父照顧不告而別的妻子留下的孩子……我爸成長的過程，母親是缺席的，這也是我想不透的一件事，不是都比較疼愛老么嗎？爸爸好像連重男輕女的優惠都沒有享受到。

我不熟的臺北阿嬤，最常和我和弟、妹聊的話題是臺北和高雄大不同，卡踏車臺北人會說鐵馬，米血糕臺北人會灑花生粉和香菜等等，觀光客般初階介紹。直到我考上臺北的大學，開學前去探望她，記得當時她正在忙，要我幫她記下幾支客戶的電話，我順手寫臺北的區碼，她嘖了好大一聲。

「妳真正是從下港來的，抄電話毋免寫02啦！」

她看著我又繼續搖搖頭：「妳安捏不行，緊去買新衫啦！」

深怕我被看破手腳似的，已經不是來臺北玩玩的觀光客囉，「下港來的」辨識度要越低越好，某些內化成保護機制，她用嫌棄我的眼神傳承。

「阿香，我棒尿啊，要換尿苴仔！」阿香不是我的名字，不過沒有關係，阿嬤的孫子太多了。幸好姑姑及時回來了，我把尿布遞給姑姑，我不會換尿布。

姑姑幫阿嬤換尿布的時候，阿嬤很享受服務，可能看我一副事不關己的樣子，姑姑要我在一旁學著，就算是要來「搵豆油」也要有個樣子。

「好好看著，這樣把尿布打開……」然後我就看到阿嬤的陰唇了，是相當漂亮飽滿的陰唇，是快一百歲的陰唇，曾經有九個孩子通過她的陰唇滑出來。

真的對不起，我和阿嬤真的不太熟，這畫面太魔幻寫實，可是後來，我常常是從這裡開始憶起臺北阿嬤的。

首購買房記

「黃桑這麼有成就，真得不考慮讓媽媽住好一點嗎？」

父親排行老么，我祖父去世時他才初中，土葬乃至於之後的撿骨都不是他處理。直到祖母一百〇五歲長逝，上面的兄長幾年前早一步離開。輪到父親第一次「買房子」，他已經近退休之年。

陰宅買房首購沒有優惠，業務一樣欺生。有成就的黃桑有他的堅持，而且他不喜歡激將法：「我還是希望我媽和我爸可以比較近，這樣家人掃墓比較方便。」

「只是你們要的金山寺，是公立的。那早就已經全滿了。那個那麼搶手，不可能啦，不可能有人會搬出來。」業務搖頭又揮手。

「是不是就不要浪費時間送件申請了？公家單位你們知道的，應該會白忙一場，塔位的事，你們沒有生前規劃，現在才買已經有點趕了。我剛剛介紹的那處，那麼寬敞，視野望出去也很好，阿嬤一百〇五歲，你們家族人這麼多，大家回來掃墓的時候也比較舒服。」業務這樣說，誰都會有一點動搖了。

「不先幫我申請怎麼知道呢？」黃桑依舊堅持。也不是胸有成竹覺得申請的到，他只是想賭一口氣，腦中同時運算了各種備案。

未說先猜，靈堂的親戚已經開始耳語：他就是從小和媽媽的感情就不太好、是有差多少錢嗎？他自己買這麼大的房子、真的好小氣……

不過耳語發酵的時間不到半天，下午換禮儀公司就來點頭。

金山寺剛好上午有人要遷出，就在今天。

「這塔位一定是阿嬤選的。」禮儀公司搶著說吉祥話。

業務的頭不能再低，完全不敢看黃桑：「阿嬤一百〇五歲好厲害，心想事成福報很大呢，選好塔位了，我們接下來確認儀式吧？家人想要走佛教的儀式還是道教的呢？據我所知很多道長和法師都很想幫阿嬤誦經……」

塔位是阿嬤選的，而且位子還在阿公旁邊，再上一格。靈堂的親戚們又開始耳語：阿嬤和阿公生前感情就不好，所以就算死後要住在一起，也不要住隔壁。再怎麼也住高一樓層——「要給恁阿公壓落底啦！」

清明

清明節是我兒時喜歡的眾多節日之一，一來是東西好吃，可以吃我最愛的潤餅，二來可以出門，祖父的墳在撿骨前葬在鳥松，大約現在的高雄的本館路附近，掃墓要先很認真爬一段山路，看到沿途別人家在燒雜草，不時有人喊著：「有蛇！有蛇！」聽到蛇，總讓我眼睛發亮，引起無限好奇。跟著家人掃墓我也會很認真的拔草、很虔誠的燒紙錢，在墳前聽各種故事，

例如關於我們家的姓氏，曾祖父參加抗日游擊隊為了怕被清算所以全家從呂改姓黃，結果日本人沒有殺我們還送我們土地和房子，直到國民黨來臺，又怕被說成漢奸，連夜搬出有塌塌米的漂亮日式水泥房……房子沒有了，姓氏應該可以改回來吧，但戶政又說資料不足所以不能改，只好入土為安的那天，在墓碑上刻回原姓。這段我家的口傳歷史我一直很存疑，覺得有點瞎，但這種瞎，又覺得有點似曾相識，很像我或我家人會遇到的事，果然是血脈相傳。

祖父的墳地處高處，是在一個斷崖上，面對一排據說很像是筆筒的山系，這墳是塊風水寶地。祖父下葬了後不久，某有錢人家也看上這裡，於上山崖上就我們兩家的墳，有錢人後來還沿著斷崖填土蓋石梯，做成一個專用道，這頗巨大的工程完工後，還敦親睦鄰歡迎我們家一起使用。另有親戚窸窸窣窣的耳語是此福地是那戶有錢人家早就相好了，是我們家搶頭香先葬，反而是別人有度量不計較。

紙錢的種類很複雜，我對上面的版畫深深著迷，另外對紙紮的房子和車子和船超有興趣，我問我媽，長大可不可以去學？一會吵著要找蛇，一會又吵著想去去學印金紙和紙紮，當時我父母應該很想一腳把我踹下山去。不過我記得不知道哪個親戚突破我一個盲點，然後我就嚇到閉嘴了：嘿如果你去學那個，很多「人」都會半夜找你幫忙做紙房子喔。

撿骨之後，祖父改住市政府的靈骨塔，塔名為金山寺（我還是覺得有點瞎，為什麼要取名叫白蛇傳裡水淹金山寺的金山寺？）希望它排水系統做得很好。

祖母高齡過世，父親很想讓祖母也長眠同處。葬儀業者直呼不可能，市府的靈骨塔早就滿位，還酸父親說，百歲這麼有福氣，怎麼捨不得花錢進好一點的私人塔位？神奇的是就在當日下午，沒有白蛇沒有許仙也沒有水淹，金山寺真的竟然有「住戶」

遷出了！塔位還很精準的就在祖父旁邊上面一格。要葬在一起可以，阿嬤法力太強，她不只要住隔壁，而且要住上多高一層。

一般家庭過年年夜飯那套長輩對晚輩的攻勢，在清明節會更洶湧。過年雖然也是要面對家人，但清明節是要面對整個家族，北中南各路親戚全部來燒香，火力相當強大。

不知是哪房的哪個堂哥先起了頭，把自己的名片放在骨灰罈旁邊，希望阿公保庇。後來竟然變成固定的流程，祭祖過後我們都掏出各自的名片，「那麼就一個一個排隊吧」，堂哥指揮我們說：跟阿公或阿祖好好說你是誰、或是誰的兒子女兒，「講話要講清楚，才會保庇」。

一格一格的靈骨塔位，像是學校的置物櫃，阿公的塔位在靠地面的低樓層，大家彎著腰伸長脖子看著骨灰罈上阿公的黑白照片，合掌拜拜自我介紹。名片就一張接著一張，整齊放成一疊，放在骨灰罈旁邊，越底下的放了越多年。堂哥說，這樣讓阿公知道我們在吃什麼頭路，堂哥從厚厚那疊名片抽出底下的最後一張：「這張是我的，我十五年前做汽車融資業務的名片。」他又翻找了一下，「這是我當銀行襄理的時候。」然後現在他手上最新的名片：「這張是我當選紳士協會會長。」

步步高昇，果然祖先都有在看。「但其實他現在也沒有工作。」聽到排在我後面的家族裡其他成員用氣音竊竊私語。對啊沒有名片怎麼辦呢？曾有一年，我扭著手上前公司的名片，遲疑自己該不該掏出來，是要裝作還是有正職工作的樣子？或解釋我現在是自雇者？到底是在和天上的祖先祈求保佑，還是在和在場的活人解釋我出社會混得好不好呢？那張印著自己的名字紙，已被我扭得都是皺摺。

疫情那兩年，我連年夜飯都沒有回去吃了，之後更是發懶，清明更是沒有回去了。至於朝思暮想的潤餅，只好自己上菜市場買一買了。

今年清明，點開家族群組，家人貼上了家族掃墓行程以及照片，爸爸打視訊給我：就算沒有到場，也要點開照片和家裡的長輩致意一下，於是相簿裡陸續傳來好幾張骨灰罈的近照。不只看到阿公阿嬤，也看到堂哥傳來的伯父伯母。

「你明天去姑姑家，記得也把照片點出來給姑姑看。」父親這樣交辦我。ＡＩ的時代，慎終追遠有新的進行式。

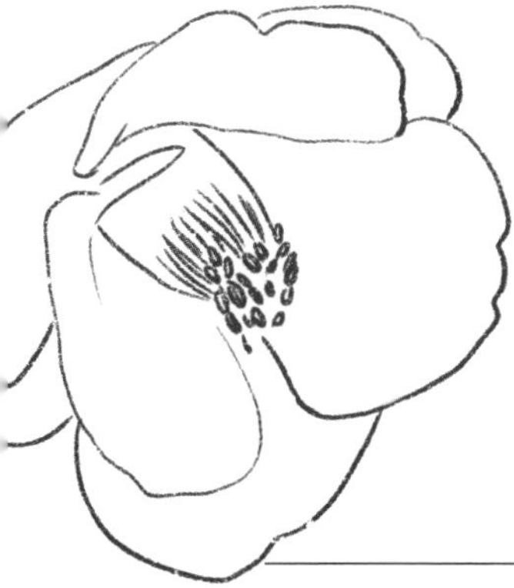

輯三

房貸詩人
如是說

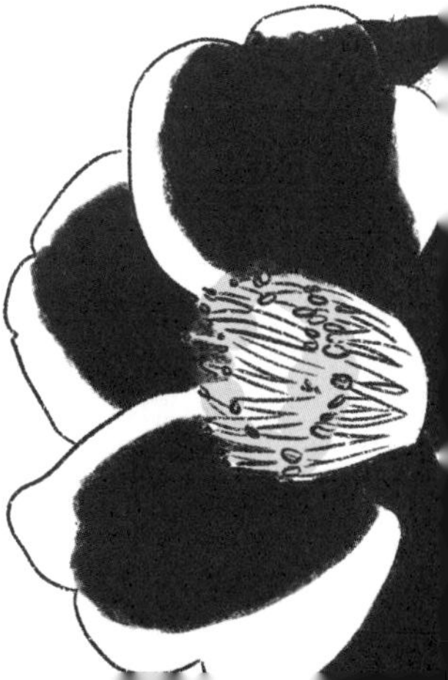

敗選感言

支持的候選人敗選了，憤怒又沮喪關掉社群網路，早早就去睡了。

隔天早上醒來滑手機，看到直播通知：車隊正在沿路謝票，而且正經過家裡附近的市場。很想跳起來衝一波吶喊加油，但我還是頹廢地躺在床上，直播看著看著竟然忍不住哭起來了，影片下方我忍不住打了很多留言：「辛苦了！」「加油！」「你很棒！」「支持你！」直播裡的候選人一直說對不起沒有達到大家的期待，我看到有人留言：「請不要再說對不起了！」這句話讓我哭到鼻涕倒流嗆咳，趕快從枕頭坐起來。

忽然明白，我哭的不只是落選。我幫自己失戀的那部分也一起哭了。

都說輸了要檢討，但是已經輸了，還要檢討什麼呢？因為我從來沒有想過會輸。開票前一天我還買了蛋糕，想說要慶祝勝選，就像被分手的前一星期想說家裡的保險套快要用完了，再去買兩盒。新家後來也買到了，裝潢也做完了，心中還是默默預留著，未來可以一起生活的樣子，那是我想完成的政見。

大的工作長桌最多可以坐五個人，平常兩人一起工作不會互相干擾。客廳和兩個房間都有冷暖變頻空調、廁所有開窗也裝了暖室空調、落地窗訂做遮光窗簾、全新系統廚具、系統衛浴、整理電路管線、換了全新的天花板。

整體的顏色是白色搭配胡桃木質色系，木地板我有一點不滿意，ＳＰＣ北極白橡木太白了，當初是貪求希望白色有讓空間膨脹的效果，只是看久了頗假，如果重選我希望可以更偏黃一點。

主臥室只有床，床兩側設有插座方便手機充電，床頭都有閱讀燈，臥室先用極簡的吸頂燈，我想有一天親自去日本挑復古燈罩。

書櫃和衣櫃都規畫在工作間，衣櫃也很大，只用三分之一，換洗的衣服整齊地放進櫃子裡，或是要拿回去也可以。

選舉這麼大，我竟然可以在眼淚中，偷度這麼小我的愛情，像我買的這間這麼小的房子。

盡量了，我知道還是沒有到達理想門檻。

選完一切都停止了，像是忘了時間的鐘，只有我還活在龍宮，龍宮才三日，怎麼人間已千年。浦島太郎應該要騎海龜快點回到人間，喔不，人間的海龜不能亂騎，會被罰三十萬，要記得還有三十年的房貸，手機行事曆已編輯提醒。

窗口

郵局的號碼叫到我。

「請問要辦什麼業務？」我要大筆匯款。

防洗錢和防詐騙，窗口重覆核對確認我的身分資料，確認我的用途，和即將匯款的履約保證專戶。「買房子嗎？」是的，那天我滙出人生第一筆大錢，一百二十萬，想想這些工作多年的儲蓄就這樣花掉了，心臟跳很快。

我隔壁窗口恰巧也是大筆匯款，那位先生一邊講著手機，一邊手寫資料，我聽到一些關鍵字，應該是在處理喪事，他正在聯繫買塔位和骨灰罈。

我買陽宅，他買陰宅。我雖然心情緊張，但口罩下有春風滿面，隔壁買陰宅的先生，骨灰罈石材似乎和家人還沒有共識，打了幾通電話，還在等電話。

我的窗口比較熱情，她辦完手續，還和我道聲：恭喜。我和她說：謝謝。

但我也揣想，如果窗口面對的是買陰宅的隔壁那位先生，她會說節哀嗎？

應該不會。

「恭喜」最多讓人喜形於色，「節哀」可能牽動巨大情緒冰山。雖說陰陽兩樣情，但人生下半場誰知道呢？接下來我要辛苦背房貸，可是死去的人卻解脫了。

做瑜珈的時候，有一組紓緩過勞脊椎的「貓牛式」。手掌與雙膝四肢著地、膝蓋與肩同寬，「貓式」是頭抬到最高，腰降到最低，同樣的動作相反，「牛式」則是拱背，頭降到最低。老師說：頭抬到最高，像是你人生最驕傲的時刻，頭降到最低像是臣服苦難低谷。

這樣說來「恭喜」和「節哀」其實是一體的，一切故事都必須往前推進。

朝聖之路

我開始密集看房大約是在二〇二一年秋天。疫情沒有讓房市崩盤，反而房市更熱，就連中秋節仲介也願意帶看，那天的標的物件在淡水竹圍，我騎著機車風塵僕僕從木柵來回，辛亥路羅斯福路承德路大度路，臺北盆地對切一半，不就是大學時代到貓空聯誼泡茶的路線嗎？只是再回首已中年身。

山坡上的房子蓋得筋肉威武，遠看像是參加電視冠軍的攀岩能手。

我又繞了幾圈，騎機車看房是為了方便看附近環境，只是這一路騎車回木柵，路途迢迢，回程已漸有疲倦感，想起身邊的朋友有人會去走日本四國的遍路或是西班牙的聖雅各朝聖之路，我用精神勝利告訴自己，或許屬於我一個人的「英雄之旅」是因為找房子這件事打開。

有聽說日本的上班族走遍路，會趁著周末假期完成一小段一小段，我看房子也是只能假日看，四國有八十八寺，我該不會也要看那麼多間房子，才會買到合意的房子呢？這個真的只能問天了。

因為是中秋，沿途都是烤肉香，回到租屋處已經過了晚餐時間，飢腸轆轆打開冰箱，發現冰箱裡能即食的東西只有一盒原本要送禮，但沒有送出去的陳耀訓蛋黃酥，拆掉包裝囫圇吞下兩個，想吃第三顆，覺得自己太過，又想到原來今天一整天都沒吃東西，一個人獨吃，滋味還真特別。

斡旋

買下臺北房子的前一天，前我一組斡旋的人放棄了，仲介和我商量，房子可能在等我們。添到整數吧？

在房屋買賣的世界，數字和現實總是錯亂，加一是指一萬，一百是一百萬，一千是一千萬。我剛剛幫作者申報稿費，一個字是兩元，作者花了半個月寫一千九百六十多字的採訪稿，前置還要讀書做功課，擬完訪綱還要抽時間採訪，我幫他申報整數四千元。然後我現在要用三十秒決定，要不要再添個十五湊個整數？

「要嗎？要嗎？沒有整數，屋主說就不出來了。」

話術。我當然知道是話術。

斡旋是心理戰，已讀不回是幫自己爭取時間？或是失去機會？我已經斡旋失敗幾次了呢？不想去想就繼續已讀不回。

我是有多喜歡那間房子呢？電光石火才看十五分鐘。房仲一組一組人帶看，我抽到第十一號，關於房子的資料只有一張單面Ａ４的紙，賣一本三五〇元的書出版社新書資料卡正反列印至少都有三頁，這一切的反差都太大了。

「加啊為什麼不？才多加十五，你不是很喜歡那一區嗎？」朋友傳訊這樣說。

「正常的話都是五、五、五一點一點添上去的，沒有人一下子就墊高的啦！」另個朋友傳訊這樣說。

「你不是說你昨天夢到阿嬤嗎？」弟弟打電話來。

「對啊，恁阿嬤在夢裡叫我買石牌仔附近，阿嬤在開什麼玩笑？很貴耶。」我回。

那天和我一起去看房子，是香港作家朋友的姊姊和姊夫，想移民的他們對於房地產有一些研究，我最後採用他們的建議，就按房仲說的，出價先加上去。

「這是你這輩子到現在最大的一筆投資，一定要守住，不要再加上去了，我們會為你禱告。」姐姐這樣說。

七點下班，外面下起大雨，八點約在仲介公司斡旋，沒有準時出發會趕不及，

「吃點東西先啊！他們會把你關起來很久……」朋友傳訊這樣說。我和同事

Diamond借了一把大傘（拜託Diamond這個吉祥的名字罩我？）換上全新的口罩（任何看起來討吉利的小事我都盡量去做）房仲說印章也要帶在身上，還要有張裡面提得出錢提款卡。

我從明德站下車，穿越ＳＯＧＯ到中山北路，還差十分鐘八點，等紅綠燈過馬路，我看到我的仲介另一頭頻頻探頭張望。

從看去年中秋密集房子到現在三月，說長不長說短也不短的時間。這段時間我只要有機會的區塊我就去看——三峽、樹林、南崁、林口、Ａ７、Ａ８、新店、汐止、關渡、紅樹林，足跡大大跨越我平常的生活圈，平常不會隨便加別人LINE，這陣子倒是加了很多仲介，怎麼認識仲介？你站在仲介門市佈告欄就會有人出來探頭了，我像一塊會走路的肉自己送上門來，大抵會先詢問你的需求、預算還有職業，對的，一般都會先「很冒昧想問您是做哪一種行業的？」嘴巴說很冒昧，很有禮貌的樣子，問沒禮貌的問題。但我是仲介我也會這樣問吧？就是大白話問想知道你月薪多少？工作穩定嗎？有家人會幫你出頭期款嗎？

我的仲介是個省話的人，因為話少，比起同業咄咄逼人壓迫感稀薄很多，幾次帶看房子，我看他眼神常看遠方放空，沒有滑手機，就只是發呆，我覺得很好，該看得見的基本資料看完，還可以有時間慢慢感受屋子看不見的氣場。第一次委託他斡旋房子，約定交斡旋金時他遲到一小時，買過房子的朋友驚呼：也太散了吧。算了我之前看房子也曾遲到一小時，就彼此彼此了，那次斡旋是一間屋主在預售就購買、新成屋後想要脫手的物件，投資客沒有賺到三百就不叫投資了，當然，我也沒有這麼多錢。

第一次斡旋就失敗，好像是很常見的事。後來我還遇過帶了斡旋金想要出價，仲介見我出價太低，連收到不想收的情形，也是真心疲憊。但更多聽到的是收了斡旋金就拿不回來的都市傳說，但願后土皇天有知，想買房子眾親友們都不會遇到……

斑馬線走一半，就看到仲介頻頻和我揮手：「屋主已經在等我們了！」

我被帶到「斡旋室」等候著，好像沒有這樣的專有名詞，就是五人小會議室，仲介來回傳達，希望買方加一點，賣方降一點。

我和仲介要一杯水，仲介說好。然後他就不見了。水沒有送來，這好像也在預期之內，朋友說她買大坪林的房子下斡旋那天從早上十點被關到下午五點，買方和賣方都餓到兩眼發昏手發抖。

時間都是幻覺，一小時半北高高鐵通勤的時間，或許沒有撕開鋁箔又蓋上等待泡麵泡好的時間讓人覺得久，尿急和口渴我想更是。

我起身想離開小會議室，恰巧仲介同一時間敲門側身進來，斡旋單還在等我填上新的數字，尿尿喝水也沒有不行，可是我真的沒有辦法再加了。

既然時間都是幻覺，那麼就來打電動吧。我打開手機的手遊APP，ToyBlast是一款很棒的消除遊戲，沒廣告音效好，火箭炸彈咻咻刷一整排方塊碎裂很療癒，「Well Down」做對了還會用充滿激情的女聲「Nice Movev!」「Amazing!」鼓勵你。我把手機聲音開到最大，從現在開始我要專心打電動，其它的都不要想了，最多就是都不要了，左下角Inbox還有18條命，右上角課金還餘860元，撐一整晚應該沒問題吧？

房子就這樣買到了。

第一時間打電話給弟弟，弟弟說：你夢到阿嬤，其實我也有夢到，我就知道土地公在叫你了。

簽約的時候已經是晚上十點多，屋主和我一樣餓到臉色慘白，也是南部人，生日也是雙子座，也喜歡種花。「房子的陽臺算大，看你怎麼種，蕨類比較難種，你可能要很常澆水。」屋主這樣恭喜我。

代書和我要印章蓋章，包包摸來摸去，只有從筆袋翻到我公司在用的姓名原子章，代書皺一個很深的眉頭，只好請我抽時間再來一趟：「誒，這種章不行啦！」

賀成交

朋友在群組說會計室的同事賣掉淡水在新店買了新房子。

「太厲害了一千二買兩房入手。不過是因為二樓，樓下有店面，應該會吵？可能是因為這個原因比較便宜吧？據說同一房型同棟別層樓都要一千四起跳的。」

我有點羨慕，真的很便宜耶，因為自己也看過那個重劃區，功課也做了不少，太貴了實在無法下手。想想這個價格低於行情好多，究竟是哪個建案呢？真想知道。

呃，我腦袋忽然踩一下煞車。該不會是……

我回傳問朋友，你同事是買某某建案嗎？

「對噎！你好厲害，那邊建案那麼多，這樣也能猜得到。」

我很肯定我一點也不厲害，我一點也不厲害，我按耐住自己，以下省略五百字，深深的吸一口氣，到肚臍下方，回吐一句：「恭喜！」

買房教會我很多事，其中最重要的，就是多說：「恭喜！」。因為我買到房子的第一時間，最喜歡聽到的話，就是這一句。

人家都說已經賣掉原本的房子因為通勤方便所以買在那一區了，一千兩百萬也不是一千兩百塊，下手之前想必已經做足了功課。所以實在不用多餘再說 —— 把建案名稱上網估狗，略過贊助商廣告往下滑，就會出現灌漿失敗工安意外的新聞。估狗第一頁下面就有，我剛剛又估狗了一遍，新聞都還在，並不難發現。但看起來建案名稱已經換了，新的贊助商廣告感覺要就要覆蓋上來了。我又看了一遍灌漿失敗的動新聞影片，這支比較難找，影片要加＃灌漿失敗＃工安意外這些關鍵字才搜尋得到了。我想不久以後，灌漿失敗的新聞也會被洗掉，時間久了以後可能就搜尋不到了，除非去PTT、mobile01……這些論壇去做功課。

只有實價登錄大家都看得到，大家第一時間只會看實價登錄，我又深深的吸一口氣，到肚臍下方，買到比行情價還要低的房子，還能不說恭喜嗎？而且又是朋友的同事，實在沒有必要當隻自作聰明的烏鴉。

想到自己斡旋買到房子的隔天，心情仍像是驚弓之鳥。

買下去是對的嗎？可是本票就已經簽下去了，接下來就要找銀行承辦貸款，要選哪一家銀行呢？我的貸款過得了嗎？成數夠嗎？貸款還得完嗎？我買的是中古屋，還需要裝潢，裝潢要怎麼弄？裝潢也要裝潢款？搬家，對了還要搬家，搬家也要一筆錢……腦內運算各種情節畫面，各種聲音像百舌鳥一樣嘰嘰喳喳。

——「聽說你買到了？」同事問。

知道我買到的社區名，同事在訊息框迅速傳來下一張截圖，那是我那個社區上一筆的實價登錄資料，交易是兩年前，和我不同樓層不同面向不同房型。

同事是資深的同事，部門高級主管溝通事情總是這樣，不會說什麼，只會截圖，叫你自己看。

我知道她想說我買貴了。

——「你搬走一定會後悔的，那邊好遠。我覺得深坑和汐止都比較好。至少離你上班近啊！而且你買房子怎麼都不問我呢？」換機油時和我和合作多年的老闆道別，機車行老闆這樣說。

——「那附近是不是有高架橋？」我的廠商問。

並沒有，我那邊沒有高架橋，靠近山邊。

「你確定那附近沒有高架橋嗎？」我確定沒有，是搞錯地點了吧！

「喔那邊喔那邊，那邊很不像市區，而且路很小條，山明水秀。」

山明水秀是我阿公土葬墳上的四個字，我買的是陽宅，你們這些人是都不能講些祝福的話嗎？我的玻璃心碎滿地，敏感到幾乎要無差別攻擊。又氣自己這麼容易被情緒勒索，不知是誰有事？

「恭喜」兩個字是多麼好用，望周知。

二看

「有空和我去二看嗎？」

我的人生在買了房子以後忽然常有這樣的邀約，「二看」顧名思義是指「看第二次」，也就是買方看了第一次有進行考慮，想約再看一次房子。「二看」的陣容理應會出現決定是否出手的關鍵人物，當然也會需要一如像我這樣的角色：助陣的菜雞。想要買房的是我同學，她帶著母親，另外還請了曾經當房屋仲介的表哥上來一起看，一字排開，生旦淨末丑都有，各司角色職能。

看別人買房子，我抱著「增廣見聞」的心情去賞屋，房屋物件是人事時地物的黃金交叉，房仲通常都會先娓娓道來屋主的故事：「屋主是臺南人，預售就買了，沒有貸款，是買給她女兒的，你們看這個裝潢和客變（指「客戶變更」，也就是請建商在不影響結構安全的前提下變更格局），買的時候沒想過要賣，要不是生了小孩得換大空間。」

仲介講房的語氣不帶花腔，優勢和劣勢都有分析，這棟樓是怎樣的地？買這裡和買隔壁差別是什麼？隔壁又正在蓋什麼？遠方又是什麼科技園區還是重劃區。或許這也是另一種話術，油腔滑調模式面對我們這組人馬恐怕不合時宜。這是相對的，我們知道賣方的來歷，我方想買房的緣由和背景大概也摸個七七八八了？

我自知是很外圍的人，是時候也要擔任音效組了：「哇！原來這一棟藏在巷子裡之前都沒注意耶。」「離捷運站很近沒錯，但是會不會很吵？」算是替心裡喜歡也不太好「喜形於色」的同學「贊聲」一下。

當然也要拿出「尋找威利」的精神：「這裡有裂痕？」「隔壁看起來有養貓，我看到窗邊有放貓跳臺耶，鄰居是做什麼職業的知道嗎？」「樓高是挑高多少？真的有三米二嗎？」「怎麼有水管的味道啊？沒有單層排氣嗎？」身為菜雞，我就是一直發出聲音就好。

「好了，我要回去煮飯了，你們慢慢看。」同學的母親的起手式，宣告「一看」上半場結束。

仲介也舉重若輕地暗示，他下午還有幾組要帶看：「這邊，資料也印出來訂成一本了，你們再討論。」通常「一看」看到的資料已經不是一張A4資料卡，可以看到房子的權狀謄本、土壤液化潛勢查詢、整棟樓近三年交易實價登錄，厚厚一疊像是升學考試的學習歷程。

中午在同學家吃，終於輪到表哥上場：「看你想出多少錢買啊？」表哥賊笑。「以前那一區，有個糖果工廠，每次經過那裡空氣都有甜甜的味道，工廠門口布告欄會公告今天是什麼口味？星期一是草莓、星期二是葡萄、星期三是橘子……果然是外地人才會在預售的時候就敢買啊！」

「而且沒有貸款，臺南人果然很有錢。」

「查到了查到了！我抓到五年前的實價登錄了！」表哥按著計算機算出持有成本價，包括課稅、房屋仲介費、代書費……他推測出成交價區間，又看看目前屋主的開價「是個畸零的數字」，他大膽推測，屋主應該「急著賣」。仲介說的背景故事就當成背景音樂聽聽就好。

「看來可以從成本價加五十開始喊。」而且不用先給仲介斡旋金，用「不動產買賣議價委託書」也可以出價，一樣有法律效力。

看房像是一齣自己下去演的舞臺劇，講著每句若有似無的台詞，背後都有意義，吃瓜的我，今天又大開眼界，我果然還是菜雞。

遷徙家書

廣告投放我買房技巧課程，影片在我還沒滑開時已開啟自動播放，我心想好吧，那就看一下別人的故事。案例是A太太敘述自己因結婚所以要買房子，上網看到房屋仲介和實價登錄差很多，覺得很不安，想挑選預售屋連平面圖都看不懂，又擔心付訂金建商跑了會買到「爛尾樓」，所以這個有「老師」帶領的買房小白公益課程簡直太棒了……可惜在我的認知裡，聲稱「能解決問題的人」，多半都是「問題的一部分」。

看到這裡我把廣告按隱藏，但是可能因為剛剛點擊了課程的內容，我又被投放另一個買房課程：KOL陪著生了小孩要換房的B夫婦看物件，猶豫該買蛋白區的大房子還是蛋黃區學區好的小房子……我按三次隱藏，隱藏的理由是和我無關，再投給我想統統按檢舉。

為了家庭為了小孩，這些都是離我的現實很遠的買房故事，和我前後買房子的「同梯」，購屋理由多數是為了自己，「賀成交」需要衝動，劇力萬鈞的原因甚至是因為分手，想想買房子真是不錯的療傷過程，從找物件到找銀行到辦貸款到忙裝潢到挑選各式家具，比價比設計圖比做工細，最後還要大搬家，整個流程跑一遍，應該沒有什麼時間悲傷？

動態回顧去年的此時，我為了廚房防濺牆用烤漆玻璃還是瓷磚好，就苦惱三天，後來因為預算問題選用烤漆玻璃。烤漆玻璃的顏色要白色還是黑色還是粉色，大約也苦惱三天，在電腦前自己「P圖」模擬效果。後來我決定選用白色，但又在網路上爬文看到玻璃內含有鐵的成分，所以白色烤漆玻璃通常會有泛綠光的問題，如果想要追求純白色，就要改訂作另一種優白烤漆玻璃（低鐵玻璃）。這款的價格要再加上去，我問設計師：「白色可以多白呢？可不可借我看實體樣？」我收到沉甸甸烤漆玻璃色卡，果然白有很多種白，這樣一前一後，一個星期就過去了呢。

有一位「同梯」，用心理諮商般的口吻關心我：「有沒有想過，為什麼每個決定要決定這麼久呢？」我說，因為希望不要讓自己後悔。

「後悔會怎麼樣呢？」

好問題，我一時回答不出來。我常常環顧新家裡的每個角落，感覺有許多處，背後都有這樣的小故事，我看到自己的脾氣，自己的樣子。

那些沒有緣分的房子

「你的預算就這樣，就只能看這樣的房子。」仲介與我揭示該當個識大體的人——不該嫌棄他幫我安排的那些物件，或是應該說，如果沒有預算，就不該浪費彼此時間。

會覺得這樣講話很不近人情嗎？

後來我騎著我拉風的偉士牌兜風，在下陽明山的山路停紅燈時，被攬去路邊的新建案看看，警衛引導我滑順地騎進地下停車場，幫我按電梯到大廳的接待中心。一開始還遞咖啡請焦糖餅乾，但咖啡才喝了一口，聽到我預算，代銷立刻闔上資料夾。我問剛剛不是說可以看房型嗎？代銷連「抱歉我等一下還有約下一組帶看」這種敷衍的話也沒說，就徒留我坐在那裡以及尷尬的空氣。

當看過的房子愈來愈多，隨著每個物件的開展到結束，像是手指在網路動態牆或是河道上無意間遇見的離奇，那些沒有緣分的房子，倒是令我想起戀情交往的道理：

有點勉強合拍的對象，如果一開始就跟房仲一樣乾脆就好了。

也曾遇過買方賣方預算有相當落差，房仲作媒硬是走到下斡旋地步，你來我往的出價最後仍是落空。但，只有時間被浪費了嗎？我觀察心裡原本的期待萌芽又枯萎，發現還有精神上的負擔與自信的打擊。房仲鼓勵我，沒關係就當練習吧，想不到，看房的技能樹，有一環是練習說再見。

不過，說再見後的房子，有時候會用意想不到的方式出現。在我忘記的多年後，我熱愛烘焙的朋友，有次扛著麵粉奶油去姊姊家，用姊姊家的社區公社烘焙廚房，和家裡的小朋友，一起烤出香噴噴的小圓麵包。看著她貼出來的照片，我覺得一陣眼熟，再比對照片後面窗外的景色，我非常僭越地探問朋友：妳家姊姊，是不是住在某捷運附近某建設公司某建案？對方一陣吃驚，沒錯就是，問我是否會通靈？

這當然不是通靈，只是看到曾經一廂情願愛過的房子，儘管忘記當時有多愛，但是看到了，還是會印象深刻。

看房筆記

「房子上午已經租出去了。」

朋友的表情難掩落寞，就算我安慰她那是「緣分」的問題，現在她應該也聽不進去，事實已成如此，繼續找吧。

不管是租屋還是買房，都要經過看房子這個過程。以上講的好像是一句廢話，難道有人不看的嗎？

還真的有。

「不好意思，周六的看屋要和您取消囉。」接到仲介來電，我想買房子的大學同學在電話另一頭難掩不解情緒，不是說好三組人一併帶看，還抽號碼牌，現在是玩我嗎？不知是否為仲介的話術，她想追問過程細節，房仲幽幽地說：「因為那個套房物件靠捷運出口才三分鐘又是六年新屋，而且不帶車位，所以價格不會拉高，買家說不用看就直接下斡旋後來就成交了。」

「就這樣？」我聽到轉述也是眼睛睜大不敢相信，臺北市捷運站對面，實際使用坪數不到十坪的套房，所謂「價格不會拉高」也是破千萬的價格，不看就買也太刺激了。身處其中的心情應該和春天的氣溫一樣錯亂，一個星期有四季。

只好打開房屋網站，重新再找了。上千上百筆資料眼花撩亂，滑房屋網就像是滑交友網站，或是人力求職網站，茫茫網海如何有效率使用篩選功能設好條件，再與自己的需求相符，也是新世代一種必備技能，超出媒合範圍太低或太高，就不要浪費時間流連了。相反的，倘若有一天換成自己要賣房，或是要推銷自己，懂得下標籤、編寫吸睛的介紹文才是專業所在。

儘管高人買房不用看，我們還是普通的人，物件媒合出來，加減要看一下。空間一如收納時間和人間的總和，如果需求是自住，肯定要和這個空間有所銜接。對我來說，看房子是看過去也是看未來，合不合難道不是緣分的問題嗎？

某次我到東湖找房子，仲介帶看的時候，屋主人雖離開，可廚房仍在熬煮水藥，房內瀰漫濃厚的中藥味。我從那間房子的落地窗，看見對面大樓的頂樓加蓋是一間宗親祠堂，坐在客廳沙發，對面祠堂神明桌上牌位的刻字清晰可見，嗅覺和視覺的衝擊，讓那次經驗有點寫實的魔幻。我問仲介想賣屋的原因，該不會是因為住在這裡身體不好吧？仲介笑而不答，怎麼像是寫也寫不完的故事。

吉祥物殺價記

「是說年後租盤會比較多嗎？」我搖搖頭，真的不清楚。關於租屋，雖然我是外地人，過去在臺北也租了十幾年房子，耳聞這一兩年租金漲了一波，現況實在不太明白。

朋友是來臺港人，儘管近日才剛弄清楚臺灣話裡「龜毛」、「機車」和「白目」的用法，但是她對咖啡和餐廳等美食情報實在滲透得很到位，有時要仰賴她陪我重新認識臺北。

過年前聽聞她想搬家，主要是原臺北租屋處的兩側同時在都更，吵到無法成眠。傳了熱燙燙的租房網連結和現場照片給我瞧瞧：室內使用十三坪，全新裝潢、家具電器俱全、近捷運、拎包入住、有電梯，難得的是又有大書櫃……果然除了價格之外都很理想。

「謝絕『八大』可不可以翻譯一下？」朋友問。我說總之妳回答自己是出版業，因為這地址靠近林森北路、條通附近的緣故，才會多加這一條。

這樣那樣，我又開啟了看房之旅，依舊在「二看」時一起湊熱鬧。看別人買房子，我抱著「增廣見聞」的心情去賞屋；陪別人租房子，我當然私心想幫朋友殺個價。

都說「嫌貨才是買貨人」，但屋子逛了一圈，連我都想住了（腦波很弱），真不知道要從哪裡嫌起（覺得自己很菜）；鄰近是有個醫院，但也是中醫，應該不會有救護車的聲音。不過，兩萬六租金和每月一千五的管理費，似乎是不願意減，且不含仲介費一萬兩千五百元，以及兩個月押金成本，還有搬家費用，掐指一算真不得了。

只好說說吉祥話了，畢竟是大過年。我誠意向仲介說：朋友是我的廠商，過年大家都很忙，今天特別來這一趟，主要是她是實在的讀書人，看上那房子書櫃大、書桌大，適合寫字辦公，剛好她的氣質也可旺文昌……啊，你們不是也很挑房客嗎？

仲介把手機當眾放擴音，接通電話，原來房東還隔著一個物業管理，我心想這麼多層難怪這麼貴。掛線前仲介簡單補充兩句，租客條件不錯……最後我們聽到物業乾笑聲：最低就兩萬六含管理費。

讀書人和吉祥話，只殺了管理費一千五百元，身為吉祥物的我，盡力了……

通話結束，仲介說他得趕去客戶那邊送禮、要快點走了，我大概也能明白，這盤真的很難殺下去了。

吉龍舞春，到底要租還是不租呢？

省螺絲開飛行機

這天的辦公室氣氛有點浮動，我猜應該是星期五的緣故，看同事們紛紛犧牲午休時間魚貫往電梯排隊，我在茶水間不疾不徐手沖著我的咖啡，於是就被問：你是買完了嗎？

「買便當嗎？中午便當早就吃完了呀。」我的回答充滿天真。同事露出「秀才遇到兵」的表情，我才意會到，今天是一期一會的福利品清倉拍賣大會。

電梯剛好上來，門打開，走出一批滿懷戰利品的同事：家電和各式餐廚杯碗，大家買好買滿，有人說先上來放東西，還要再去排隊買下一批，臉上法喜充滿。

「你不是剛搬新家嗎？沒有東西要買嗎？」

我搖搖頭。

買了房子以後，許多購物慾望瞬間被閹割了。房貸壓力是其一，另一個陰影成形於搬家的時候：距離上次搬家已是十三年前，原本的舊家積累太多生之長物。光是藏書我就趁機捨離了五百多本，文具紙膠帶筆記本辦公室療癒小物，在搬家的時候看起來都是留之無用棄之可惜的廢物。廢物是我的情緒性發言，疲憊和時間的壓力讓我在搬家公司來的前一天崩潰，丟東西丟到喪心病狂，呈現「見一個殺一個」的強力斷捨離狀態，甚至直接丟掉舊筆電。

至今耳朵裡仍殘留著我把筆電丟在社區大垃圾桶的金屬哐啷聲。

「裡面有什麼資料都沒檢查？」

我搖搖頭，不知道。

應該已經沒有能超越「看都沒看直接丟掉電腦」的瘋狂了吧？我都快不認識自己了。

儘管後來我用一車三千六百元的小車搬家專案，完成自己的中年遷徙，旁人稱讚、羨慕、驚呼「真是個節制的人」，但他們並不知道我的搬家有如此失去理智的這段。

讓我們回到福利品拍賣會現場，當然我最後還是沒有去拍賣會，同事用一句臺語俗諺形容這狀態：「省螺絲開飛行機。」指省小錢卻花大錢，省買一顆螺絲，卻花了一架飛機。看情境用法，通常是被解釋成「因小失大」。

各種形容花錢的日常用法都充滿戲劇張力，例如：「錢放在口袋是會咬你？」或家母常常說的：「把錢丟到水溝，還會聽到『咚』一聲，把錢給小孩，連『咚』都沒有。」我「省螺絲開飛行機」買了房子以後，房仲費、額外的手續費，還有裝潢費等等，可能近期都不能出國旅遊，飛機票的錢也一併省下來了。

房貸詩人的數學課

我在十九歲的時候得到一個比較大的文學獎，雖然只是現代詩組佳作，但獎金就足以支付我中文系一學期的註冊費了。大概也從這個時候開始，常常會被叫「詩人」。「詩人」這個稱呼對當時覺得自己只是僥倖的我來說，來得有點誠惶誠恐。敏感的自己常常覺得，這兩個字隱隱帶有負面表述。理想詩人應該要怎麼樣？可以常常吃雞排和珍珠奶茶嗎？我、我、我配嗎？儘管如此，還是有自知之明自己在班上被歸類為「不食人間煙火」的光譜那端。畢竟大三大四同學們在補習公職考試或是研究怎麼報考空姐的時候，我還是忘情地一直投文學獎。

我熱愛文學嗎？這我不敢說，我想我只是和多數以投文學獎找認同的年輕創作者一樣，比較多的是為自己的不自信找認同，以及，我單純覺得變現這件事讓我很快樂。虛構要怎麼量化？變成稿費和獎金對我來說，是最直覺的量化。可能是星盤裡月亮金牛作祟，關於「愛錢」我總是充滿回憶：小學時某年農曆過年前，父親帶著終於

「認得幾個字」的我去選春聯，誰知我眼睛發亮興奮選了一副「戶納東西南北財」，父親當時皺了很深的眉頭拒絕我：這是做生意的公司在貼的，貼在家門口很奇怪。我嘴裡心裡千百萬個為什麼追著他問：可是，你不也愛錢嗎？

這麼愛錢，沒有念商學院，想也知道是數學成績太爛的問題，這個我真的沒辦法。念了中文系，從入學第一天就常被問，未來要做什麼？愛錢的我最後走上最像中文系的職涯，繼續念了創作研究所，出書投獎，真變成詩人作家了。

「欸，詩人，我看你一直活得很仙，你怎麼忽然下凡來買房子啊？」「這麼勇敢進場，都不怕買在高點？也不怕阿共仔打過來嗎？」我的同學們大學畢業後有人去學會計，有人深耕新聞界，有人當老師，人生各個殷實精采，近期看到我寫買房子的經過，話題大概都在這上頭轉。

「沒有忽然，我看很久了，我很急，因為，四十五歲以後就不能貸款三十年房貸了，大家知道嗎？」

三十而立我不太有感覺，四十不惑我還是很疑惑，但是有一天我看到銀行房貸的條件，一整個大驚，原來若超過四十五歲這個年限，銀行考慮借貸人的還款能力，比較難核貸。二十年房貸和三十年房貸，算起來這樣一個月可能會差到上萬。
瞬間詩意全消，這題數學也太重要，為什麼上課都沒有教？

三十年房貸和三十歲的貓

上一篇〈房貸詩人的數學課〉刊出後，我收到比平常更多的留言，回應內文提及的「四十五歲後不能辦三十年房貸」：「多問幾間銀行吧！」「過四十五依舊可以貸三十年的。許多神人超過五十歲依舊可以貸三十年。」但我不是神人，只是一般人，儘管我讀到的計算規則「比更年期還嚴格」，但看完網友們的留言，其中有一則「只是想表達，不是完全不可能」，心中仍有一絲溫暖。

社群尚不少人分享銀行經驗談，各家的計算模組神祕像是夜空中的星圖：「貸款年限＋實際年齡不超過八十就可以」，也有看到「貸款人年齡＋屋齡不能超過七十五」，還有後來的「新青安」……如果早知道這些如「天語」般的數學公式，覺得這堂數學課同修的人真不少。

搬到新房子後，放棄了機車通勤，我的一天是從捷運開始，搭到整點十八分發車的車次，通勤時間是四十五分鐘，往前往後的車次因為接駁等待，將變成一小時。通常我會在第二車廂上車，一下車就可以立刻左轉手扶梯，轉乘到綠線。以前的我會這樣分秒計較嗎？下班後的社畜與同事道別，準備回到自己的籠子，此時搭捷運就不會堅持哪一個車廂了，比較希望有座位。但是這希望九成會落空，就像通勤時間的車廂裡九成的社畜都在滑手機，滑手機的我收到一條廣告推播：「貓如果能活到三十歲：能夠治癒無數喵星人的創世紀研究……」點開來原來是則新書廣告，似假似真無法求證。

如果貓可以活到三十歲，那飼主不就要當三十年的奴才嗎？我不禁聯想到我的三十年房貸，我是貓奴也是房奴，養房子和養貓都是五味雜陳的甜蜜負荷。

養臺北市的房子要繳多少呢？我把房貸催繳簡訊截圖給我的編輯看，編輯驚恐表示：「我真的很怕你會繳不出來，你會不會去自殺？」

我不會，我還有貓要養，房子如果養不起，有各種變通方法。如果貓真的可以活到三十歲，衷心盼望牠們看到我還完貸款的那一天。

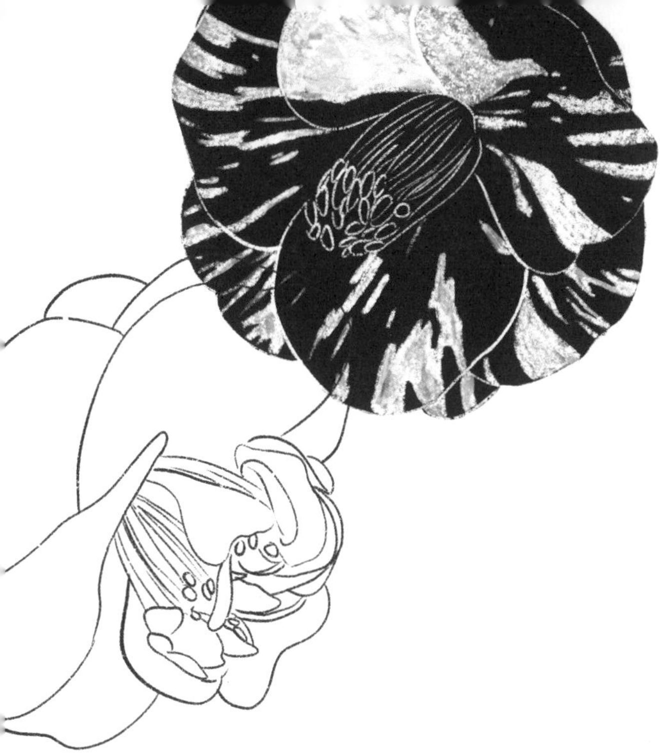

輯四

貓選之人

貓選之人

我的黑貓來自印刷廠——老鼠會咬破紙庫存，印刷廠呈現半餵食半放養的模式歡迎貓來常駐。「這是媽媽，這隻是外婆」我的印務給我看手機拍的照片，媽媽是虎斑、外婆是三花，牠們在紙箱上母雞蹲取暖，在曬版處抓癢理毛。

「可是老闆最近有點抱怨貓太多。」印務對即將待產的虎斑媽媽擔憂。於是和印刷師傅討論分工，把虎斑媽媽撈回家待產，然後分送小貓。

「你不領一隻嗎？不領的話我就不幫你排上機喔！」我的印務是計畫通。但多養一隻貓茲事體大，怎麼可以隨便就答應，我也有我的盤算。

環顧廠區的毛色，不是橘貓就是虎斑或三花玳帽，我的算盤是這樣打的，用花色來指定，我已經有橘貓了，花色是很可以的理由，而且印刷廠我去那麼多次，沒有半隻黑貓。所以我就這樣答應：「有生黑的再給我。」

「好啊！那我排阿明師幫你看！」這下不但不會延書，我還排到最好的師傅。

三月二十九號青年節那天，虎斑媽媽生了四隻寶寶，橘貓橘白乳牛貓。印務說「沒緣分啦」，我其實鬆了一口氣。

晚上睡覺夢到自己在玩接球，黑黑的一個房間，朝著我丟出一顆看起來顆給寵物玩的軟球，我一手接住了它。

那時正經歷反服貿太陽花學運，下班後晚餐也沒吃就往立法院衝，在路邊靜坐一下也好，一小時也好，抗議會場周邊收訊不良，十點多到家才看到好幾通來自印務的未接來電，懷著受死的心，我沉重地覆電。

編輯都很怕印務打電話來，晚上急找準沒好事。我剛剛送印的書……該不會出事了吧。

只聽到電話那頭卻傳來印務高頻率的尖叫：「有了有了！」

「斑斑剛剛又生了一隻小小貓，是黑的。」

電話訊息很混亂，誰又是斑斑？原來生完那胎小貓隔一天，母貓又生了一隻，而且不是死胎，斑斑是誰？斑斑是虎斑媽媽剛剛獲得的新名字，為了慶助生命的奇蹟，原本只是想當中途、暫時接牠回家生產的印刷師傅決定養下牠，取名叫斑斑。

「你家的啦！」斑斑把小貓們奶到三個月，在夏至那一天，小黑貓就這樣來到我家了。

下一趟看印，整個印刷廠的貓我又巡了一遍，還是不見半隻黑貓，我還是忍不住問了毛色的問題，黑貓的爸爸哪裡來？「山頂來的啦，後山攏係黑貓啦。」

貓尿業力說

拖著一身疲憊終於可以讓自己倒回床上，棉被有股味道不太對勁，本能反應令我像被電擊從床上彈跳起來：「是貓尿！」

貓尿是世上所有養貓人家的惡夢，除了後續需要繁複的清潔除臭消毒動作，貓尿也是一個指標，獸醫師會說：小心疾病徵兆，你的貓可能需要身體檢查；寵物溝通師會跟你說：那代表一種失衡，問題看起來是貓咪，但其實反映的是飼主本身的狀態。

我一向討厭檢討受害者，但殘酷的現實是：噴尿的貓和被噴尿的苦主一起放到網路上被公審，就會變成雞蛋和牆的問題，風向絕大多數是站在貓這邊。就像動物星球頻道受歡迎節目《管教惡貓》，主持人也是貓咪行為家傑克森・蓋勒克西（Jackson Galaxy）深入民間拯救被貓逼瘋的家庭，只是節目看到最後，管教惡貓，最後管教的都是人。

貓尿像是冰山理論，底下還有十分之八「很有事」，我們可以說每泡貓尿背後都有一個平行宇宙觀，可能是一隻貓的，可能是這隻貓和那隻貓的，可能是這個人的，可能是這家人的，像是俄羅斯娃娃，打開一個故事裡面又有一個故事。

貓尿不是故事的起點，然而去探究為什麼貓會亂尿這個「因」，或許才是感傷的開始。都說有貓就按讚，內含貓咪可愛成分的尿，味道恐怕是最難吞下的「果」。

「誰叫你不……活該被我尿。」據說貓尿常常帶有貓的報復性質，或像情緒勒索，像極了人民教訓執政黨的選票，貓尿是一種業力引爆，像一個巴掌打在臉上，熱熱辣辣。

說到難忘的貓尿經驗，約莫冬天的深夜，發現棉被被貓尿了，寒風瑟瑟冷得半死直衝自助洗衣店，扛著棉被去「洗」、「脫」、「烘」。絕望到盡頭，只好盯著運轉中的大型洗衣機發愣，機械運作的頻率引度我得到另一種療癒，從「如果冬夜，一個被貓尿的人」，晉升為「如果冬夜一個等洗衣機的人」，幸福指數至少可以提高三個百分點。

儘管如此，還是悲慘。

為了防止被尿，坊間有許多方法，貓費洛蒙、多放貓砂盆、把棉被藏起來……但我認為最徹底的杜絕之道就是——不要養貓，然而這種宣言，只是一種精神勝利，而且可能會被唾棄？貓已經養了，就沒有回頭路了，像是文學理論契訶夫之槍：「如果第一幕中有把槍掛在牆上，那麼在第二幕或者第三幕中這把槍必須發射，不然槍沒必要掛在那。」你想養貓，就要有預期會被貓尿。

貓尿簡直像是道封印，會引發創傷症候群那種。如果用解鎖的概念，舉辦「貓尿徵文」相信應該可以收到相當多的養貓人家，投稿來的「溫馨」支持。

只是，貓亂噴尿與貓尿不出來這兩個要二選一，癡心飼主應該還是會認命去洗被單擦地板，好奴一生認命，壞貓一生平安。

都是自己選的！天下古今幾多之罪惡，假貓之名以行！

貓的理由

身為編輯，也身為作者，深知催稿或是交稿之苦。稿子沒有辦法如期收到或是交出，在這個尷尬的奇幻片刻，通常都會收到或是杜撰一些理由，從業這麼多年來，有些理由，我常忍不住細數回味。

「電腦壞掉」算很常見，不過，我曾有次聽到作者遲交的理由是「筆電整台不見」，該作家因為寫稿寫一半想動一動，於是先去逛逛衣服然後吃飯，回到家裡一整個忘記筆電到哪裡去了，和警察調了監視器，發現她在A服飾店手上還有筆電，到下一間B服飾店手裡只有衣服，研判筆電是掉在上一間店，果然筆電妥妥的在A服飾店的試衣間角落，後面試穿的人都沒有發現。

「快好了還在修」這樣的回覆，身為資深編輯的我總會悲觀的認定此作者剛剛才「開新檔案」。接著，我也會禮貌地問：「估計大概要修多久？」現在通訊軟體方便，如果持續可以收到作者回覆「快了」、「就快好了」，我大概會抓三日可以收網，如果丟了一句後就呈現失聯狀態，我會用七天為一個單位當成可能會交稿的時間。「頭七」過後，我會打開另一個檔案，新增我的黑名單，因為過了七天還沒交，通常這個專案差不多已經沒救了。

可能是因為我養貓，用貓當理由，或是給我貓的理由，聽起來都是很合理的理由。「我剛回國先回家餵貓」、「貓生病了，剛剛帶去看醫生」或是「貓忽然找不到」、「貓的肛門破了」……這些年過去了，我家的貓年事已高，身為作者的我，希望不要用到這些理由，我願準時交稿，祈求主子四季平安、福壽健康。

你貓的早安

我的兩隻貓，早上會輪流喚我起床。

黑貓聲音細細柔柔，喵喲喵喲，非常標準，黑貓體態渾圓，睡意朦朧中，我會把貓一把摟到懷中「借我抱一下啦！」抱一下換飯吃可以，黑貓通常會忍耐，抱著抱著我常不小心又睡去，貓忍耐到一個限度，牠會搖著屁股後退掙脫我的手。然後又會走走到枕頭邊，找到我的耳朵，喵喲喵喲，可愛死了。有時候我其實是裝睡，貓怎麼會知道人的耳朵是聽覺器官？一邊喵又一邊用頭頂我，可愛難抵擋，我快起床，北風和太陽我是選擇太陽。黑貓豎著快樂的尾巴，像是搖著勝利的小旗子，領著我一起去倒飼料吃早餐。

我總是睡眼惺忪地打開飼料桶，有時候也想當個有愛的飼主陪牠們一起浪漫吃早餐，但多數的時候會比較像醉漢，蹲坐在貓碗旁邊打瞌睡或直接在地板上睡著了。

橘貓肚子餓來叫我，通常是牠非常生氣了。雖然橘貓的毛色比較像是太陽，但牠在我家其實是北風的人設，北風式狂爆直接從我的腳底板咬下去，就算是睡到像攤屍，也會痛到從床上彈跳起來。橘貓認為對人類最有效的溝通是用牙齒咬，下指令，不用廢話。

黑貓後來發現橘貓叫我起床，比自己叫半天更有效，牠學會在叫不醒我的時候，一併也去吵橘貓起床，橘貓是一隻四捨五入要二十歲的老貓了，睡得比吃得多，被黑貓胡鬧幾下，自然是齜牙裂嘴大哈氣。橘貓咬我那麼大力，我懷疑是連本帶利。

橘貓不叫嗎？我家的橘貓常發出的單音是嗷。對象我有時候不肯定那是什麼？牠老人家常常對著空氣嗷嗷嗷叫。不知在叫什麼，不過也就隨牠，畢竟老貓才是我家的戶長。聽說貓會根據需求調整叫聲，短音心情好，長音通常是呼叫。有幾次橘貓趁著我開門衝出家門，我在後面追得氣急敗壞，牠邊跑邊就發出快樂的短音：嗷～嗷～嗷～那聲音有種嘲笑感，好像是在說：好好好，來啊來追啊抓我啊，跑好慢啊。

朋友家有四隻貓（樣本數比我多），四隻貓叫聲都有些許不同，有一隻鮮少叫，甚至那貓被懷疑不會發出「喵」的音。不會叫「喵」，和家裡其它的貓，在社交上會有問題嗎？朋友搖搖頭說看不出來。

貓叫一定是「喵」嗎？原來「喵」不一定是貓共同的語言，會問「不會叫『喵』

的貓有沒有社交問題」這個問題的我，恐怕只是顯化我焦慮自己在社交上有問題。

你貓的早安，此刻我好想回去睡回籠覺。

你貓的過年求生術

週日下午甜美的午睡，矇矓間有貓跳上床來。根據降落的重量，應該是家裡的胖黑貓，我最親愛的寶貝。牠用胖又有存在感的身形，把我的腿擠成O形，睡在牠創作出來的兩腿之間，貓滿足地發出呼嚕震動，人間美好不過如此。

想想接下來的幾天年假，因為返鄉不打算帶貓，好幾天無貓可吸、無貓陪睡。「過年沒貓」可以和「鰣魚多刺、海棠無香、紅樓未完」同等遺憾。

過年的待辦事項第一點，這幾年已非先預定高鐵，而是要先預約貓保姆。高鐵票一個月前開賣，保姆大概最晚三個月前就要約好。

貓年紀還小的時候，我是會帶回去的。每年過年，都要來一場攜貓南北大遷移，我通常會揪同樣要回南部的同事一起訂高鐵位子，大家都帶貓，沿途要喵一起喵、要叫一起叫。養貓人家遇到乘客的眼神指責也以互相壯膽？但這些都是多慮的，過年的返鄉列車氣氛像是歡樂的馬戲團，寵物推車和人類嬰兒車在高鐵的走道簡直像車展，東看西看好想也換一台。

人類的嬰幼兒分貝一定最吵，接下來是狗，最後才是貓，兔子和烏龜不會出聲，鼠類和鳥類不能上高鐵和臺鐵，天竺鼠還在爭取中，天竺鼠的生物學分類是屬於豚鼠，習性與兔子比較相近，和一般常見的鼠不同，希望可以爭取成功。

換環境對貓來說，肯定是辛苦的。陌生環境不可控因素多，回去不吃不喝不拉不睡狂叫，好像只是基本教練？待了兩天好不容易適應環境，又要揮軍北返。主子辛苦，攜貓返鄉的奴才容易嗎？

鞭炮煙火把貓嚇到逃家，各種憾事貓友間時有所聞。在我老家曾發生的悲劇不是發生在貓，而是我帶回來的貓去撈魚缸的魚、嚇陽臺的鳥，老家養的一隻文鳥長老，就在我帶貓回家的隔天大年初一歸西。

和貓在年夜飯一起共享生食干貝的溫馨，或是一起拍全家福合照，背後付出的隱藏成本可能比想像中沉重，甜蜜的負荷可能要多方評估。

這幾年察覺貓的年事已高，我決定放下背貓回家這件事。到府服務不送寵物店是最好。但是有專業貓褓姆難約，例如朋友的老貓還需要打水餵藥，人家也是要過年，約過年檔期好比人類父母要抽籤公立幼稚園。

鏟屎官到你家前會進行「家訪」，認識環境和認識貓。臺北冬天又濕又冷，暖器、除濕怎麼開可以先溝通，愛吃什麼零食飼料都要先買好。基本服務是日常放飯及貓砂清理、簡易環境清潔，費用是以趟計算，大約一趟六百。我還會加碼澆花服務，每天多五十元。糖貓、腎貓、病貓、老年貓狗特別照護費用要另談。

終於約好約滿，家裡也設好寵物監視器，人類輕鬆回家。分離焦慮原來人也會，接下來就是每逢佳節倍思「貓」的功課了。

孫子

面對擁擠的春節加班車廂，如果你有一顆寬容的心，你便能看到，孫子會用各種形式在人間現身：貓樣、狗樣、兔樣、爬蟲樣、萌樣、睡樣、哭餓或驚呆樣……他們被拎著或牽在手裡，被抱著或摟在懷裡，被哄睡被安撫，一起搭乘長長的返鄉班車，在島內南北東西遷移。

小動物們在車廂進行各種的哭鬧和探索，他們也善於互動：「你看，那邊有狗狗喔！」淚眼汪汪的男孩立刻被轉移注意力，或是兩隻陌生貓咪隔著籠子互相對峙，完全忘記列車加速造成的耳鳴。

他們的家長偶爾也會和鄰座的家庭彼此交換意見：「你這推車真理想，一次可以帶兩隻，在哪買的？」「你家小孩真乖都不叫！」

這樣鬧哄哄的車廂場景，是平常日鮮少看到的，年味從這裡已經開始了，至於有沒有孫子回來團圓，我仍然堅信，那在於是否有一顆寬容的心。

端午的聯想

友人在端午節撿到一隻黑貓，小小的手掌大，很像肉粽裡包的香菇，所以暫時就喚名「香菇」。等待有緣人認養回去需要拍超萌奇跡美照，但是黑貓又超難拍，很容易拍成寵物失敗攝影的參展作品。獸醫估計「香菇」是端午節前一周左右出生的。

想想，這不就和我一樣嗎？

端午，這個節日對私我來說叫做——生日過後一個禮拜，小時家人常說我是出生為了來吃粽子的。

兒時外婆總是會為我特製專屬口味的肉粽，因為我不吃豬肥肉、花生和鹹蛋黃，又特愛香菇、蝦米和瘦肉及乾魷魚，因此每年都會包好一串（十個）當我的生日禮物，鹹蛋黃沒有在粽子壓味，她會改成旗津特產烏魚子，她在粽子包進對我滿滿的溺愛，對世界宣告我對她的珍貴，因為沒有任何一個兒孫（除了我）享受過這份特殊待遇。

溺愛對一個人的人格養成有什麼影響呢？於我而言，大概就是多年後，或是幾十年後，在無論自己多低潮或失敗時腦中都會閃過自己曾經是這樣倍受寵愛的人。我目睹過這具體的愛的能量，即使不可能回到過去此時此景，我仍有強大的安全感。

貓不會為了吃粽子特地來投胎，祝福與我同一天生日的「香菇」，也能獲得世界百般寵愛。

度夏

占星預測說今日是某個能量的高點（其實我也沒有太明白）日日是好日有點難執行，那是心的問題。大抵今日又是一個被工作占據身心的一天，但至少接下來是假期。

養了花以後，才知道有一個名詞叫「度夏」。

大意是夏天對植物來說如坐針氈，相當漫長。「度夏」這個說法常見於多肉植物，通風、澆水、配土、遮陽諸多細節，考驗著照顧者的耐心。多肉對我來說是外星世界，一如養多肉的朋友看我養蘭花那樣陌生。多肉植物族繁不及備載，蘭科植物更是，我是個狂蘭症患者，養蘭或養多肉甚至空氣鳳梨，都很容易陷入搜集癖的坑，品種太多，太容易令人意亂情迷。對於品種搜集的癡迷，有人說是因為雙魚坐命的影響，上升星座效力還比太陽大？論這些對我來說已經倒果為因。當我猛然發現自己有滿屋子的蘭花需要「度」，只能湧起諾亞要打造方舟度過洪水的心。

我的「度夏」行程，理想中應該是從天微亮開始，大約五點多，這時候貓會來床邊喊放飯，我會意識模糊開始為貓開罐頭打飯的動作。然後我也會打開陽臺窗子胡亂澆水，貓吃飽會回去睡回籠覺，人也一起繼續睡。等我真正清醒才會開始理花，梗概和其他季節沒有兩樣。

不過，肯定的是我會移出更多的室內空間，比如浴室或是書櫃，當成幾品怕曬的品種的避難所。我會更常聞嗅包覆在蘭草根部的水草，所有養蘭老手都知道這個動作，高溫高濕造成的軟腐病像是致命疫病，有沒有得病用聞最準。聞到臭抹布味，我都想放聲尖叫。有時候我甚至會在夏天扒光水草，直接裸根種。早上泡水晚上放乾，這方式是目前我嘗試過度夏的好方法，只是就要日日勤勞。一日缺水，變成重傷。

有時我也會與植物們精神喊話：夏天就是這樣，要適應！或是面對已經被曬傷的老葉打氣：再撐幾天，等新葉再長大一點再掉葉。蝴蝶蘭尤其怕熱，例如象耳蝴蝶蘭，一棵植株，可能只有兩片圓圓大大的蘭葉，一如大象如扇的耳朵，熱到中暑，只消半日綠葉就泛黃斑，大耳頹敗落下，直接命危，此生不再聽我多嘴。

夏天才過一半啊。

就醫

H的老貓十八歲了，比他教的學生年紀還要大。H沒帶貓去醫院至少有三年了，不是沒病，老貓一直有氣喘病，只是上次看診噴了一筆上萬元的醫藥費，醫生勸H下次回診可以考慮幫貓做全口拔牙，一勞永逸地預防貓的口炎，H口頭答應上，接下來就一直沒去了。

老貓是從街上收編回來的浪貓，對人類的食物很有熱情，特別是鹹酥雞軟骨，每次牠看H吃，都會用譴責的眼神注視他，彷彿H在吃神明的供品一般。想想牠再活也沒幾年，H後來屈服了，會餵牠幾口。老貓吃得不多，有吃到，也就心滿意足地回去舔牠的毛。

「其實沒有你想像的那麼複雜，現在就算是腎病打水或是鼻胃管，都變得很簡單就能操作了。」對於高齡貓的照護技術，堪稱和人類長照一樣與時俱進。獸醫院的醫助，與H已經互加臉友，會訊息討論居家照顧。

H信任也明白，醫院不是要賺他的錢，是基於愛貓這件事，給予H支持。這是多少人夢寐以求的醫病關係？然而，這貓年紀這麼大了，該動手術嗎？H沒法那麼肯定。在這個時代，養貓這件事，被放在社群上檢視，總會面對到比較高的道德標準，「家有老貓不看醫生」與「餵貓吃人吃的食物」，若是說出來，絕對會讓H社會性死亡的。

H的爺爺很喜歡H的貓，常常會和牠說話，他們會一起坐在沙發上看電視。以前H亂開玩笑地想：他倆是誰先登出離開？

爺爺是在客廳走的，臨走前喝了他最愛的木瓜牛奶，客廳的電視還在播放，他是看到睡著走的，木瓜牛奶也是H早上十點多買給他的。發現的時候近中午，那時已經沒有鼻息，爺爺活到八十九歲，都沒有臥床，一直是個快樂的老人，救護車來的時候也說爺爺「OHCA」了。

「H老師，請問要急救嗎？」救護人員曾上過H的課，與他再次確認家屬期望的處理方式。

H的爸爸說，爺爺原本安詳的臉最後都七孔流血了。「走急救程序就是這樣啊，你都當到老師了，怎麼一點常識也沒有？你怎麼連這個都不懂？」

H常常自責：都是我，是我說要急救，讓爺爺的身體最後還要承受一連串的心肺復甦和電擊，爸爸與其他的家人，這輩子看來是很難原諒我了。

下課的時候，H也會和老貓一起看電視，有時候很累，H多希望，在客廳裡閉上眼睛原地往生的人是自己，某種程度H認為，他在家人的眼裡已經死了。

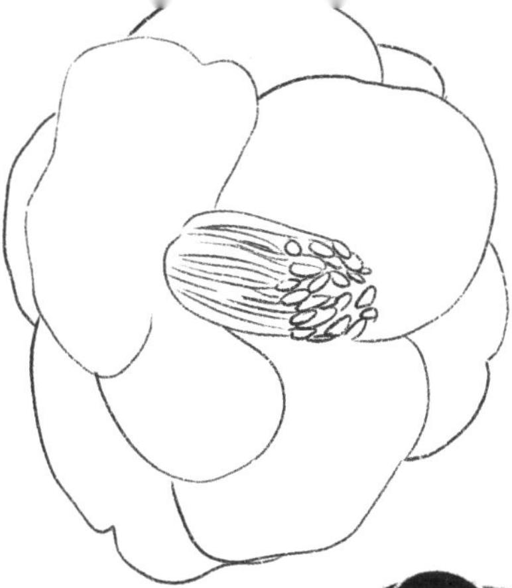

輯五

自己的冰箱

自己的冰箱

妹妹傳訊到家族群組，要團購蘿蔔糕，問過年家裡要買幾條？媽媽秒回要七條。妹妹傳了一個震驚的貼圖：「確定？那家裡冰箱要清出空間啊！」

隔著手機我微笑，冰箱是家裡另一個權力場域。

特別是過年，一年之中最物資過剩的時候，要怎樣在家裡的冰箱爭取一席之地，家家戶戶應該都有精采的故事。誇張的效果大家都愛看，開箱冰箱或是清冰箱，過年賀歲很常見的吸睛企畫，塞得滿滿的「阿嬤的冰箱」，像是哆啦A夢的百寶袋（想吃什麼有什麼）和時光機（或許可以找到一九九九年的味噌？），重點是，只有阿嬤知道東西冰在哪裡。後來你會發現，像傳承一樣，連媽媽也是這樣。

家中看起來共用的冰箱，其實由家裡位階最高者所掌管（通常是女性），就像廚房一樣。常聽到朋友間的各種被冰箱暗算的悲傷故事，暫冰的高級調酒被媽媽拿去煮雞湯、高級法式烤布蕾才冰過夜就有魚腥味、日本網購回來的麝香葡萄被誤冰到冷凍庫……

當然也有相反的故事。我想到我小時候有一段時間很愛吃青蛙湯，回鄉下帶一袋殺好的回來，雖然姨婆已經幫忙把內臟和青蛙頭處理乾淨，媽媽還是嚇到理智斷線，崩潰尖叫要我和爸爸立刻下鍋全部煮掉或全部丟掉，不准冰進冰箱。然而我媽的磨難沒有因此結束，後來我迷上養魚，魚要吃的冷凍紅蟲和南極蝦得冰在冷凍庫裡，除了包兩層夾鏈袋還要裹上報紙，我騙媽媽那是我的科展研究，最終她只好忍耐放行。

搬出去自己住以後，我終於有自己的冰箱，當時的女友某次差點誤拿我放在用大吟釀酒瓶裡培養的黑糖有機肥（幸好沒有喝），此一軒然大波令我的冰箱科學用時代真正結束。買了新房子，新家的冰箱是母親送我的，我挑了一台星燦金色的三門瘦長冰箱，冷冽時尚的線條在新家裡，自成低調奢華的擺飾品。冰箱安置好的那天，媽媽開心地幫我寄上我愛吃的手工魚冊、虱目魚肚、花枝丸和烏魚子，希望在臺北生活的我，可以同步吃到家鄉海味。只是，我收到包裹反而眉頭深鎖：新冰箱自動製冰室和冷凍庫同一層，這樣我的冰塊會不會被魚腥味插旗？

「女性若是想要寫作，一定要有錢和自己的房間。」這是吳爾芙代表作《自己的房間》中的名句，我倒是認為，冰箱是另一個「自己的房間」。有自己的冰箱，才是獨立故事的開始。

福氣菜

親戚送來從田裡剛挽下的皇帝豆，「種太多了吃不完，讓妳帶回臺北！」這當然是我們南部鄉下人客氣的用法，不客氣的我，拿好拿滿，產地直送餐桌可遇不可求。

在廚房一邊剝豆莢一邊覺得好香！本來我媽說要幫我去殼以免占行李空間，我說不用了，我回臺北自己剝，畢竟剝豆莢這麼療癒。想不到皇帝豆挺耐放，吃不完放冰箱竟然一星期過後還保持新綠，再吃不完還可以凍起來，我極愛用這豆子煮香菜排骨湯。

也問熱愛烹飪的好友，你們都怎麼煮皇帝豆？就這樣東邊得一點，西邊取一點，收集到有葷有素的食譜：

皇帝豆煮醬油糖可做純素，加一大匙醬油、一大匙糖，加一點水淹沒豆子，滷到收汁。以上是來自詩人潘家欣的食譜，做法也簡潔一如短歌，好有淡雅氣質。這道菜若再講究一點，是將生豆先在鍋中稍微燙過，便能用雙手輕鬆去膜，嘗起來口感更好。這道小菜能配稀飯，也能當零嘴「呷迌迌」，鹹甜口感，吃起來沒有負擔。

白胡椒皇帝豆肉片湯的靈感來自清冰箱，作家馮國瑄建議皇帝豆要搭配油脂才不會澀口，豆子先煮到軟，再加上豬肉片；那肉片是從冷凍庫挖出來的「標本」，因為冷凍久了，肉汁和甜度都降了，幸好有白胡椒當湯底，煮成胡椒豬肚鍋的變奏版，吃胡椒冒汗排濕適合冬天。如果想要有飽足感，還可以另起一鍋，用以上再加入白飯煮成粥，最後加上蔥段和調味。蔥和皇帝豆源自親戚的同一片田，最後和樂融融同成一鍋。

西式濃湯或飲料也可以用皇帝豆嗎？答案是肯定的。皇帝豆燉煮軟化後，可以打成泥變成濃湯，或是變成綠拿鐵。

那陣子因為皇帝豆吃了各方好友拼拼湊湊的福氣菜，說像皇帝這樣富貴雙全是誇張了點，但北漂遊子的福氣，也是那樣來的，東一點西一點，成就現在的我。

魷魚、小卷、透抽、花枝和軟絲

住海邊，每次被知道來自旗津，常會被問到這一題：「那你分得清楚魷魚、小卷、透抽、花枝和軟絲嗎？」

「這個嘛……」身而為海邊人的誠意，每次，我都會作勢比劃一下，探探提問者的虛實。多數的時候心裡總會想：你們這是在問心酸的吧（?!）我解釋得再清楚，會這樣問的人，通常也不是會買菜的人。

如何分辨頭足綱海鮮，似乎在網路上是個很夯的話題，可以找到很多影片、圖片或畫成漫畫「教你一次搞懂」，老實說我有時候也看得很入迷，喔……原來是這樣啊要看肉鰭的形狀和觸腕啊。或是：哎呀，原來游泳的方式也差很多啊……。

對我來說，看圖鑑和懶人包分辨「魷魚、小卷、透抽、花枝和軟絲」像是看母語的文法書，舌頭上的情感當然不只如此。

早餐吃到的那叫鹹小卷，配稀飯很好，通常賣到的都是整只鹹水燙熟風乾，顏色赤紅大小粗細像是手指，或是小孩的手指，也是理想的下酒菜；小卷大隻了以後其實就是中卷，中卷就是透抽了，知名小吃「小卷米粉」和海釣船「夜釣小卷」指的通常是透抽（中卷），每次與人解釋到這裡，我就想到這就像中和有永和路永和有中和路的道理，透抽煮湯麵或米粉或鍋燒麵，完全不用擔心湯頭鮮甜的問題，是方便的午餐。

透抽細長，有些圖鑑會用「媽抖」身材來比喻透抽，這部分我想是針對於長得比較「肥厚」、「矮胖」的花枝或軟絲，軟絲和花枝價格比較高，就算是海邊人家也不可能天天吃到（天天吃到小卷倒是機會是很大的）家母今日若獲得一隻花枝或軟絲、她大概才會認真地去想要怎麼料理，然而太認真烹煮過頭，口感又像咬不下去的橡皮筋，所以那些花枝和軟絲教我的事大概是——太認真（愛）常導致悲劇。

最後我想談的是魷魚，烤魷魚也是家鄉旗津的特產，不過這並不代表高雄附近海域產魷魚，而是高雄港是遠洋漁獲卸貨之處，因此魷魚取得方便。魷魚長年收納在我的記憶的狀態是冰箱冷藏室層層疊疊風乾的乾魷魚，一開冰箱門，永遠有那個的味道，常見於油飯和肉粽，或是碳烤，乾魷魚用文火回烤後是很方便的下酒菜。

如果你還想問住海邊的人有關魷魚、小卷、透抽、花枝和軟絲的問題，像是問公理和正義的問題，我必須誠實告訴你：「凍成一塊沒有退冰的時候，是誰分得出來啦？」

雞婆

與友人討論散文的說教性，散文寫作如何容易落入此窠臼？以及又該如何避免？簡單的結論是：散文很吃作者的個人特質，例如我就是一個容易放過自己、得過且過的人，竊以為落入就落入，若已經寫好一篇，木已成舟，船推到水裡會浮起來就好，不用太苛責作品；這世界上最不缺的就是多一個人罵自己，都過四十不惑了，傷神不如養生。

不過，話說到這裡，也隱隱覺得自己應該言盡於此，不然真的是太「雞婆」了。

小時看過大人養雞，兩隻雞母各生一窩蛋，一隻坐得住，另一隻坐不住，坐不住的雞母生完蛋，開始到處溜達；另一隻母雞在窩裡認真孵卵，而且，這隻認真的雞母還一下子坐這邊，一下子坐那邊——是的，認真雞母連室友的蛋也一起幫忙孵了。

這個故事的結局一如「雞婆」的普遍用法：後來，兩窩蛋都沒有孵出小雞，兩窩蛋都臭掉了。雞婆人人會講，但真正看過雞婆孵蛋的，我想應該不多，此一教示之後幾乎變成家裡的家訓，長輩會指手畫腳地說：「你看看，這就是雞婆的下場。」

揠苗助長，雞婆。為人作保，雞婆。考試幫人作弊被記過，雞婆。看到車禍幫忙報警被誤以為肇事者，雞婆。

雞婆背後的負面表述除了自不量力，最讓人傷心的大概是被辜負，以及與預期不符的兩頭空。只是，熱心助人錯了嗎？怎麼和學校教的不一樣？如果家訓和課本宣導的品德教育有所牴觸，那又該選擇哪一個呢？兒童時期的我，肯定想過這個問題。

認真的母雞生不逢時，如果牠可以穿越，和我一起活在現代，我一定會去網購一台家庭用全自動簡易孵蛋機來幫忙。這亦令我想到圍爐吃完飯誰洗碗的權力角力，洗碗機有助促進家和萬事興，此類家電堪稱有效避免長輩說教的重要發明吧？

回到散文說教的問題，身為同時是編輯也是作者的我來說，如果不是編輯模式，也就是單純是作者和作者之間的經驗值交流，散文該怎麼寫？是攸關僭越的問題，比較類似於「上大樓公共曬衣區收自己家的衣服，忽然下起午後雷陣雨，看到鄰居家衣服還沒有收，到底該幫忙收還是不該幫忙收」的問題。

雞婆常在我心，當下的確會蠢蠢欲動，雞婆還是不要太雞婆好？我就這樣那樣完成一篇說教的散文了。

三的故事

照相不能三人入鏡，有聽過這種說法嗎？在手機拍照尚未那麼輕易的時代，底片相機拍照算是比較慎重的事，我的外婆謹守這個禁忌。大概位居中間者，福分會被旁邊兩人分掉，甚至會致災，所以每到節日大家都到老家團圓、要家族合影時，外婆就會變成照相糾察隊，不讓兒孫亂拍出三人合照。但我出生成長的年代，小家庭似乎流行生三個小孩，如果要拍各家的小孩照，又該怎麼辦呢？

這時候外婆就會叫我去隔壁，看看小黑還是乖乖在不在？是的，通常抱著玩偶、牽著小狗或養的小動物入鏡，黑魔法就能破解。如果沒有小動物或玩偶可以抱，據說讓最年長的站中間也可以，這時通常就是交給身為長女的我，但因為我小時候體弱多病，常要吃藥收驚，若外婆發現，仍會將我強行拉開，並把拍照者臭罵一頓。這個現在我們所說的「C位」，三人偶像團體拍照爭著要站的「C位」，我想我外婆若知道現在的人這樣拍照片，應該會大崩潰。

三的禁忌還延伸到買房子，也就是兩戶的中間，所謂的「中間戶」。看長輩買透天厝，原來還有一個專有名詞叫「擔厝」，在風水上有「肩胛雙頭擔」的說法，有一說是住在此房子的人，若八字分量不夠，福氣會被鄰居分掉。不談禁忌，這大概可以理解：「中間戶」因為兩邊都有房子，多半只有一面採光和通風，會比「邊間戶」採光不好和不通風；但是換個角度想，也就是少一點風吹日曬，冬天也比較保暖。當然，需求上還是要跟居住大環境全面評估，而若還有價格優勢，依然令人心動。

關於三，我問過外婆一個問題，那就是為何布丁都是三個包裝？賣的人知道我們家有三個小孩嗎？外婆答不出來，她只說我真的很聰明，可以一個人吃一組（三個），不用和弟弟妹妹分，她會另買一組給弟弟妹妹，弟弟妹妹吃的時候，我還可以再吃一個，避免穿幫。後來我查到，布丁三連裝據說跟當時日本的社會結構有關，一九八〇年的日本依然以四人家庭為最多，行銷用意是下午三點讓主婦買三個布丁，滿足媽媽與小孩的點心時間，三點、三人、三杯裝的創意就一直到了現在。

想想，當時布丁財富自由的我，應該要邀請外婆也吃一個，那時真沒想到。

人生第一次吃 Häagen-Dazs

念大學時，有次弟弟妹妹暑假來臺北找我玩，當時我妹是《娛樂百分百》大小S的狂粉，所以從濁水溪以南上來的她，無論如何一定要去東區頂好名店城逛逛，參拜偶像開店聖地。

但捷運出來，我就是怎樣都找不到那個地方。這件事很謎，因為我並非方向感不好，就算在國外異地，我也是那種可以看太陽斜角方向猜對東西南北的人。會找不到頂好名店城，可能是發自內心不想逛，因為我就是一個討厭逛街的人。

帶著弟妹在忠孝東路來回走，並在附近的巷弄兜圈，三個人走得大汗淋漓。妹妹氣呼呼地一直罵我笨又土，我也是一路回嘴，無言的弟弟跟在我們後面很像苦兒流浪。

後來實在受不了，三人只好躲到 SOGO 百貨吹冷氣，眼前出現一種衝擊的食物抓住我們的眼睛，是的，讓我們冷靜下來的，是 Häagen-Dazs。

那真是華麗的冰淇淋，那巧克力、那香草、那抹茶、那夏威夷豆，看起來就不是那種在平價火鍋吃到飽店吃的色素冰，我們內心發出基因一致的讚嘆！

想吃！

但是要我去買嗎？那兩人望向我。

當時的我腦子啟動運轉回放：幼時許多時候出去玩，不過是公園騎腳踏車，因為要帶著還在騎三輪車或補助輪功能腳踏車的弟弟妹妹，不能騎太遠；所謂的太遠，不過是對街另一個公園，我錯過和同儕飛車的機會。此外，好吃的蛋糕也要切三分，賓士的角度我可是計算得很精準……

只是，眼前我應該就是那個要掏錢買單的老大。

但這是Häagen-Dazs，我只有聽過沒有吃過的Häagen-Dazs，看價格好像有點貴。不，對當時的我來說，真的很貴，但我好想吃，我口袋雖然有足夠的錢，卻實在不想掏出來買三支冰，那會吃掉我在臺北的生活費。

後來，我還是買了，權宜之計，我只買一支。我說這太貴了，一支三個人一起吃。

我妹立刻露出嫌惡的表情：「好髒！我才不要！」話說彼時弟弟妹妹的年紀也已

經是高中生，要三個小大人共吃一支冰，還在東區，時尚聖地，少女怎麼會願意。

「你要你自己買啊！」我心想妹妹這人應該是滿腦子想把錢省下來逛街買髮飾小東西，我才不要稱她的意。

我不問他倆的意見，直接點了自己想吃的草莓，先咬了兩大口，然後就把冰交給弟弟，弟弟也「不計前嫌」地吃了起來，後來妹妹也勉強加入。

就這樣，我和我的手足在 SOGO 吃了人生第一次的 Häagen-Dazs。在東區吃 Häagen-Dazs 聽起來很時尚，不過不是妹妹想像中時尚的樣子，可如果不是他們來，我也捨不得去買。多年後問弟弟是否還記得這件事，他說他完全沒有印象，只記得有去搭捷運。

三人迥然不同個性的人生縮影。

荷包蛋的懺悔

親愛的母親，請容我對您解釋一樁兒時餐桌上的神祕事件，就是關於為什麼，您每次煎荷包蛋的蛋黃總是無法飽滿，起鍋的時候明明不是這樣，我想您可能都知道，發生了什麼，只是您一直沒有說破而已。

開飯前的等待對當時的我總是倍感煎熬，所以我常常趁著沒有人注意，溜到餐桌前，用養樂多的吸管，一定要養樂多吸管，因為只有它夠細也夠硬，才能靈巧的戳進半熟荷包蛋的蛋黃，吸走部分的蛋液，然後我也會很小心的幫蛋的表面整型，讓正面看起來像什麼事情都沒發生過。家裡五個人，您通常會煎五顆荷包蛋，為了不那麼容易被發現，我也不是五顆都會吸。

偷吃的快樂有雙重，一是做壞事沒有被發現，第二重是滿足開飯前的口腹之慾，只是很抱歉，全家都吃到我的口水了。

親愛的母親，您的寬容以及對我的仁慈，讓我變成縱情美味、忽略用餐細節的人，讓我養成為達目的不擇手段以及隻手遮天的小聰明。當然這也沒有全然是不好的，後來和別人比較了才知道，我常有一種不合理的自得其樂以及莫名的安全感。

回到兒時餐桌的荷包蛋，因自知自己已占盡便宜，當其他手足正為荷包蛋的大小計較到哭鬧不休時，我總像沉穩的大人安靜扒飯，偶爾還能領受「看起來有老大風範」的讚美。

親愛的母親，您的寬容以及對我的仁慈，使我終究沒能長成正直勇敢的人。但先下手為強的小奸小惡，讓我在求學階段逃過同儕霸凌、在愛情裡斷尾求生、在職場安靜看著主管如何要人去死，再學習如何裝死。

這些都是和荷包蛋不相關的事了。

阿嬤的貓眼石

我有一個礦物標本盒，檜木製成，掀蓋上嵌著玻璃，這是我某年的生日禮物。標本盒裡面每一小方隔間，珍藏著我蒐集的各種原礦和水晶，我會按紅黃藍綠光譜的顏色擺放，一格一格像是實體版的 IG 貼文，每次打開那盒子，除了檜木香撲鼻，視覺也賞心悅目。

那盒子裡有一區是各種機緣遇到的石頭，除了自己撿的，多是饋贈，有的的喀喀湖邊攤販叫賣的菱錳礦，海德堡大學校園內撿到的小碎石，也有從新書發表會抽獎得到的和闐玉籽料。

到我家下午茶的朋友在客廳坐定，一眼就看到我那盒礦石。

「好像很厲害？可以借我看看嗎？」我點點頭，當然可以，那些石頭沒有很厲害，裡面其實多數是原礦，我也不是什麼藏家，喜歡只是有眼緣，可能只是放在比較厲害的盒子。

「欸！」朋友驚叫一聲。「這顆是什麼？」

我定睛一看，喔喔這顆呀，這顆就說來話長了。

朋友用鷹眼揪出的那顆像魚油膠囊大小的「貓眼石」，是家父給我的，也是阿嬤留下來的遺物之一。故事溯源大概是半世紀前，當時阿嬤帶著幾個子女初來臺北，落腳石牌仔，並當起二房東，再把租屋處的某一間房租給一位外省老兵。老兵蓄鬍子又篤信基督，外號叫「耶穌」。幾十年來相安無事，「耶穌」人很好，但交了許多沉迷賭博和愛做生意的朋友，據說退休俸都被借光，還欠阿嬤租金，最後只好拿出這顆，據說是從軍前家中老母給他的寶石抵房租。「耶穌」後來孤家寡人，一人壽終在他的房間，我的家人念在多年鄰居之誼，為他辦了簡單後事，這顆「貓眼石」也就傳到了我手上。

「可這真的是貓眼石嗎？」朋友充滿疑惑。

話說的沒錯，為了這顆寶石，我特地查了很多圖鑑，因為看起來有說不出來的假感，問爸爸很多次這顆寶石是什麼？一下子說貓眼石一下子說石榴石……

「我也不知道啦，就是阿嬤留下來的。」我轉述父親的回答。

「我一眼就看出來這假的。」我沒有否認朋友的揪錯，這極有可能，就是顆假貨。可是，這顆假貨，帶著我家的故事，那是阿嬤的遺物。

「可是它就是假的啊！」朋友的堅持，讓我做好幾次深呼吸，桌上被吃崩的蛋糕象徵搖搖欲墜的友誼，原本悠閒的下午茶變成一場社交災難，當下我只想把標本盒蓋起來下逐客令。

寶石是假的，傳家寶是真的，什麼是虛構又什麼是真實呢？

天邊孝子與身邊孝子

「那打電話去英國叫哥哥回來倒垃圾啊！」同學G氣到快要摔手機。

G和媽媽的糾葛，從大學迄今我已經聽了超過二十五年，小至朝夕相處的生活摩擦，大至人生選擇規畫，兩人互相參與（干預）極深。想想我從讀大學後就離家，直到研究所都住學校宿舍，畢業後就獨立租屋，後來自己買房，不和原生家庭同住已多年，回老家的頻率跟著連假和三節，爸媽每次看到我都笑開懷。G說我是貨真價實的天邊孝子，每當聽到我描述家族群組發生的事，不免「友直」提醒我，對跟著爸媽生活的手足要好一點：「在一起住，真的沒有那麼容易。」G對我講的這句話，應當是要講給她住在英國的哥哥聽。

倒垃圾只是看得到的冰山。記得大學時代G常常社團開會到一半就要趕著走，G當選班代推辭的理由也是太晚離開學校，媽媽會奪命連環扣，要她回家洗碗和追垃圾車。這幾年換了新房子，洗碗有洗碗機，垃圾就讓社區集中處理，但芝麻小事仍如星星之火可以燎原。

例如這幾天G家有客人來住，媽媽的老閨密來玩，G居家上班努力剪片，中午要出門買吃食，找不到自己的一雙鞋，看到客人的鞋還在，G就猜：客人穿走了我的鞋。

下午她們回家時，媽媽立刻來房裡探頭：「妳今天都沒出門？」

G想問鞋的事，但她們既然沒說，應該是沒有吧？可能自己螢幕看太久，眼花沒看清楚。到了晚上要出門，拿起自己的鞋子準備穿，鞋子是濕的。

「誰穿了我的鞋子嗎？」G看了一眼下雨的窗外，挑白了問。

兩位長輩大驚，不敢說話。G媽露餡，小聲對客人嘀咕：「是不是沒有把鞋拿進來？不是要妳放回櫃子……」

身邊孝子真的很不容易，進退兩難，有時還會舉步維艱。

但天邊孝子也不是人人都好當，另一位同學N長年在泰國工作，只要她回國，叔公嬸婆就會施加壓力安排相親。為了不讓父母為難，N都會照去。

昨天才下飛機，翌日早上，一台休旅車忽然倒車停進家裡的騎樓，N以為是校友會的學姊，想說不是約十一點吃早午餐，現在才九點怎麼人就來了？打開車門是一名陌生男子，劈頭問：「是陳小姐嗎？」滑LINE才知道，母親答應了別人的介紹，忘了和N說。

「可是我等等十一點有約！」這下尷尬，對方看起來也是奉命而來，沒有問到基本資料也無法交差，只好迅速在兩小時內快速約會，完成雙方長輩交派進度。

男方話不多說，直接開往一間汽車旅館，N差點撥打手機的緊急SOS電話。「沒有啦，我只是要給你看旅館外面的馬賽克瓷磚拼貼，是我家在做的工程啦。」以為是驚喜或是惡趣味，真的一點也不好笑。N忍耐回家，長輩群聚問她：感覺怎麼樣啊？直衝汽車旅館的橋段已經把眾親友嚇爛，N補刀：我問他財務狀況，他說他不想說謊，因為喜歡買名牌，所以買到欠卡債。我細問他買哪一牌？N手比一個勾勾，「是說耐吉嗎？」N點點頭，而且是欠幾十萬，不是十幾萬喔，相親當然無疾而終。

天邊孝子為了承歡父母也是搏命演出，誰容易呢？

相親鬥鬧熱

可能因為我中性的外型、貌似激進左派分子的人設，家中溫柔敦厚的長輩們好像不太敢直接探問婚配的需求，或提起介紹對象的話題。大概是想避免直接引戰，他們心裡應該很清楚是說不過我的吧？或是避免意外打開潘朵拉的盒子，知道他們並不想知道的祕密。所以相親這一題，對我來說就勉強給過了。

儘管如此，正式相親飯我倒是吃過幾次。當然主角不是我，我主演的是陪相親的「閨密」。試想，如果婚配的潛規則有殘酷的市場機制，要避開陪相親反而被相中，的確是需要琢磨琢磨。當時研究所室友的姊姊機關算盡太聰明，想介紹她研究室的男同事給妹妹，意外開啟我的陪相親功能：中性外型還有鋒芒外露的談吐，一來可以襯主角的女性化及溫柔，二來社交談話我也不會冷場，還會在雙方尷尬無話可說時，帶風向討論話題，人生就這樣誤打誤撞變成相親場的首選吉祥物。

我有口碑，但也不是每次都「救場」成功。某次陪澄澄去吃相親飯，男生開車載我們回家的時候，故意繞遠路經過他剛買的房子，顯示自己已有經濟能力。

「是噢，可是看起來像鬼屋耶。」澄澄是有話直說的人，而當時車上冷氣都快凝結成冰，不要說是我，地球暖化也救不了這一局。

澄澄的爸媽自此也明白，相親是親子關係的雷區，能推辭就儘量推。澄澄半開玩笑對我說：「他們也怕危及到自己的社交圈。」

但登門來說媒的還是有。某周六早晨，澄爸、澄媽運動完悠閒在客廳吃早餐配電視新聞，才九點，澄澄當然還在睡，急急的電鈴聲讓全家都感到奇怪。

原來是鄰居的毛太太。哎呀，早安，有什麼事嗎？毛太太走進來一屁股坐下，她也是有話直說：「中央路口新開的加油站的王老闆，你們認識嗎？王老闆的兒子很不錯，現在加油站就是兒子在經營喔……」澄爸澄媽聽到這裡，膝反射般連忙說：「不用了、不用了。」

毛太太繼續說：「我話都還沒說完，你們澄澄還沒睡醒啊？」澄澄爸媽繼續推辭：「真的不用了啦，謝謝啦，年輕人有年輕人想法。」

毛太太堅持想作媒，被外面喧鬧聲吵醒的澄澄，帶著洶湧的起床氣，還有披頭散髮，開門怒瞪客廳所有人。

氣場之強大，毛太太見狀只好撂一句狠話，「見笑轉生氣」撤退先——「好啦！好啦！恁查某囝慢慢仔园，慢慢仔芳啦！」

Ken & Mary 之樹

朋友慶生，送自己去趟北海道，天蠍座尾巴的日子去北國，看不到楓葉也賞不到雪，花田沒有花，也沒有什麼觀光客。我追問：妳那麼愛熱鬧，豈不是很無聊嗎？

朋友滿意地回答，其實並不會，因為所有排隊名店都沒有什麼人，在札幌該吃的該買的該逛的，清單心願都有完成，人少有人少的悠閒。第三天去美瑛、富良野，也是省力省心，反正在臺灣就買好了一日巴士團，跟著團體行動就好。

沒有像是拼布的花田，導遊在講樹的故事特別熱情，印在七星香菸盒上的「七星之樹」，冬天不落葉、葉型像顆星星的「耶誕樹之木」……眼前「Ken & Mary 之樹」，導遊的故事是這樣的：Ken 和 Mary 是離開家鄉來到北海道的一對愛侶，Ken 在這裡種了一棵白楊，Mary 在旁邊也跟著種了一棵，後來這兩棵樹的根部竟然長在一起，儘管種樹的 Ken 和 Mary 最後拆夥也離開北海道，但這兩棵樹遠看就像是一棵樹，不離不棄，相互依偎，見證了這段曾經的愛情……

「真感人。」朋友說當時還特別多拍了幾張「Ken & Mary 之樹」的照片，不過身為記者的她，左思右想、快思慢想，真的很想知道 Ken 和 Mary 為了什麼從西方千里迢迢到北海道，最後又是為什麼分手？不過，這麼有名的故事，想必上網查查會有很多資料，搞不好被拍成哪部電影了呢。當時她只顧著拍照，人被車來車去，網路收訊也不好，直到晚上回飯店一查，簡直不得了！

Ken & Mary 之樹的由來是一九七二年 NISSAN 汽車〈愛のスカイライン〉（愛的天際線）廣告，這一系列廣告有十六集，男女主角名字就是 Ken 和 Mary，這棵樹出現在第十五集，其實僅僅出現短短數秒鐘，卻就此揚名海內外了。

「那和我們臺東伯朗大道上的『金城武樹』一樣的道理吶！」

「金城武樹也不是金城武種的，只是金城武去那棵茄苳樹下拍廣告。」查完資料朋友簡直氣瘋，回想那個中國人導遊講得煞有其事：「什麼 Ken 先種一棵，Mary 再種一棵，所以 Ken 種的那棵比較高……」我們這位壽星很想寫客訴信給旅行社，但想說過生日還是算了。她播了「Ken & Mary」的汽車廣告叫我自己看，問我是不是真的很扯？

我要了一張她手機拍到的樹的照片，果然先看兩棵樹是不是一高一低，假消息果然還是讓人比較忘不了。

留下買樹財

我已經連續兩個月的周末去建國花市報到了。周六去，周日也去，羅列各種理由：故意到那附近剪頭髮、故意到那邊買寵物用品、故意和朋友約在大安森林公園不小心散步走過去。想說周六去過了，周日忍住不要去，忍耐一天不去的結果是收市前一小時壓線四點五十分抵達。

這周打定主意，去聽朋友的文學季講座，想不到會後聊起最近都在忙什麼，又聊起種花，逼著朋友聽我怎麼換盆換土，咖啡還沒喝一半我又心癢癢想出發：「建國花市除了買花還可以買菜，你知道嗎？會有有機小農來擺攤唷！」買花順便買個菜、買水果、買蜂蜜和雞蛋……但是醉翁之意不在酒，我的目標是隨著氣候轉涼，陸續上市的茶花。熟識的花農夏天賣竹子冬天賣茶花，入秋後我便眼巴巴看著他換季，從夏末就會開的「四季茶」，一直到現在攤位各色各樣的茶花，迷得我目眩神迷，簡直要忘記吃飯。

儘管現在網路買花方便，茶花和鹿角蕨常有直播拍賣，失手入坑很容易，社群有同好討論更會加快淪陷的速度：「這單瓣也太萌。」「我要流鼻血了。」不知情的人看到對話可能很難聯想是在討論植物，夢幻如詩的花名像是對我施了咒語：海棠、冶金、昭和之光、菊冬至、友之浦、蝦夷錦、蘋果椿……如同動漫迷收集卡牌，惹得人心好癢。

但是全部買回來是不可能的，畢竟家裡陽臺空間寸土寸金，所以我還是喜歡實體買花，看到植栽的尺寸和長勢，買得比較安心。多數的茶花不是四季開花，觀葉的日子比觀花多，枝椏樹型有沒有合意，對我來說比花色優先考慮。而且夏天的熱島效應，這些生性喜歡雲霧的灌木，在城市的陽臺度夏應該很辛苦，更何況還有颱風，想到這裡一頭熱就漸漸冷下來。

結苞不開，叫作「啞」，像是想說話又說不出來，通常等了三天要開不開，我心裡就有譜，茶花花苞宛如人首，花苞掉落如斷頭，物理上親眼見證自家種的茶花又啞又斷頭，的確讓人倒抽一口氣。

這就是為什麼即便不是要買花，還是要一直去花市。因為養花之後，會需要各種資材備品和養護諮詢：肥料怎麼下？生了紅蜘蛛和介殼蟲有不噴農藥的選項嗎？當然，這些網路都可以查得到，但我還是喜歡直接請益花農，或是花市的植物診所推廣教育講座。

茶花要排水良好，花農要我留意排水的秒數，超過三十秒還排不出來就不合格。我蹲在攤位前狂拍照錄影筆記，觀察澆下來的水如何蓬鬆盆土，連澆個花也弄得好像在學手沖咖啡。

有人說現場買還可以享受殺價的樂趣，這部分我就不予置評，通常老闆開價多少就多少，畢竟問了人家那麼多問題，也要付點諮詢費的，留下買樹財。

文青春節買花攻略

儘管現在網購方便，我仍喜歡逛實體花市，網路上照片再美，現場挑一株相伴一段日子的植物，那種真實感還是無法取代。放眼望去那排幾乎是一模一樣的盆栽，就是有某一棵特別順眼，也不是特別肥或特別茂盛，可能只因為側芽的某個角度，就是惹人喜歡，或是表面看起來我在選花，其實花也在選我，千里迢迢召喚我接它回家。

農曆春節將近，因應買花迎新春的習慣，花市會非常熱鬧，以臺北建國花市為例，除了假日之外還會特別延長營業時間，連續幾天不打烊，各式年節花卉如百合、鬱金香、銀柳、蝴蝶蘭，還有各式喜氣的吊牌，萬紫千紅熱鬧釋出。處處可見枝條被緞帶綴飾和金元寶綁得紅通通金錢樹、發財樹還有開運竹，就連人造花攤位也會擺起富貴凌人的大牡丹；如果家裡長輩抱怨都沒有過年的氣氛，相當推薦可以去逛花市。

靠近過年逛花市雖然熱鬧，但為了喜氣迎春，各攤位會大量進貨節慶感強的應景花，比較文青感的多肉、香草、觀葉、空氣鳳梨瞬間變成清流，不是沒有賣，就是稀稀疏疏沒有幾攤。

只是，人也不是天天都過年，被張燈結綵的植物雖然不會說話，孤僻性格如我與之對看，也覺得擺在家裡很吵，說穿了就是和家裡裝潢風格不搭，文青風格要在過年買什麼花，我一直在默默觀察。

如果空間不大，風信子是個好選擇，常見單棵在三吋小盆，有一種短詩般的霸氣，藍紫、紫紅、純白等花色選擇多也不俗豔，還帶有香氣，擺在窗邊很不錯，但要記得經常轉動才能均勻受光，以免植株不均衡而傾倒，花期約半個月左右，球根養分耗盡之後就會扁塌，農曆年假差不多也過完了。

灌木類的選擇，除了茶花，我也會推薦寒梅。寒梅又叫木瓜梅或長壽梅，花色介於橘和紅之間，太陽曬多就會紅一點，主要是樹型優美，除了賞花還可以賞枝。

如果要送長輩或是放在老家客廳，蘭花永遠是最好選擇，蝴蝶蘭的花色和選擇最多，要讚嘆臺灣農業科技奇蹟。花禮蘭花在花謝後常常會有不知如何處理的苦惱，可其實蘭花是很堅韌的植物，網路上有許多影片教如何養護蘭花，操作起來不難，我推薦脫掉根部水草介質，直接水耕栽培，但要小心孑孓。

近年鹿角蕨應該是市場的當紅植物，儘管沒有開花，植株底葉張狂的「手」、頂葉茂盛的「冠」，皆是視覺上另一種綻放，不曾在過年送過長輩鹿角蕨，但如果有人要送我，我當然會很歡喜。

裝蒜

小時只要看母親從市場買水仙花回來，就大概猜到——過年快要到了，年可以過兩個：從元旦開始期待到農曆年。水仙打開我對「年花」的概念，簡直是銘印效應。過年宜買花，但是這個區間那麼長，要辦的年貨這麼多，花買回來如果難照顧，沒法討到花開富貴的喜氣，難免掃興。

所以香氣清新、花色優雅的水仙真是好選擇，只要有個能盛水的花器，將鱗莖三分之一左右浸水，不用擔心插花的技巧不好，也不用擔心黑手指，就是這麼簡單，接下來可以等待開花。

水仙在希臘羅馬神話裡，是自戀美少年納西瑟斯，愛上湖裡自身倒影，鬱鬱而終變成的植物。初讀這段典故很不解，因為還未開花的水仙真的很不仙，老實說更像一盆菜，除了球根長得像大蒜，青色的花莖也貌似蒜苗，歇後語「水仙不開花裝蒜」，真是活生生的語言教材。水仙在六朝被稱為「雅蒜」，宋代稱「天蔥」，故宮有一北宋汝窯國寶「青瓷無紋水仙盆」，專為養水仙打造的器皿，可見這款長在水邊的仙花，不論在東西方，應該被人類喜歡許久。

它和蔥蒜最大差別應是辛辣味，中國網路軼聞有鄰人錯把水仙當韭菜，割了別人家的韭菜還裝蒜，包進水餃內餡給家人吃，導致食物中毒。植物都沒有要裝，是人自以為很懂，自己搞砸自己的人生。

我和水仙花相處的經驗停留在兒時，母親派給我的任務是記得幫花盆加水，還要檢查有沒有生孑孓，畢竟南臺灣的冬天，蚊子還是很活躍。

在花市能買到的水仙大致分為中國水仙與西洋水仙，不過近年忽然變得比較少見，本以為是我的錯覺，問了熟識的攤商，才知道是疫情以後水仙球的進口變少所致。

攤商分享他手機裡的照片，浩浩蕩蕩的水仙大軍排一整排，相當有氣勢；水仙通常整株連盆一起賣，一來幫客人省麻煩，二來盆花賣相好價格才能拉高，通常不會賣散球根。細聊後進一步得知，原來這年花是一期一會，批來賣心臟要大顆，因為攤商彼此會廝殺價格：「過年那幾天沒賣完我就是賠錢賠工。」老闆幽幽講起自己曾經大年初三整車拿去倒掉的悲傷往事。生意如人生，時機決定一切，有時傷心的不是裝蒜，是來不及裝蒜，就已經過時了。

家人福袋

春節返鄉和家人度過連續假期、初一排隊買福袋，這些似乎已變成一種儀式。

除夕吃完年夜飯，我和弟弟、妹妹癱坐在客廳沙發滑手機，漠然聽著電視新聞評比各家百貨公司福袋。

「想排嗎？」「才不要，好冷喔！」「這樣才有年味啊……」儘管在客廳面對面坐著，我們還是用手機傳訊息。連動嘴巴都懶，也別奢望動身排隊買福袋了吧。不過，所謂的「年味」，到底是在追求什麼樣的味道呢？按照往例，長輩一定要去年貨大街感受年味，但採買的習慣在疫情那幾年已轉變為網購，而現在連點光明燈、求籤皆可以改成線上，每個世代應該都有了屬於自己不同的糾結與追憶吧。

應景新年的福袋，據說源自明治末期東京銀座的松屋百貨，概念是用低價買到超值商品，由於不知道內容是什麼，帶著運氣和抽獎的成分。

我近期瘋搶的，是花市攤商販售的球根福袋。對多數人來說，它可能比較偏門，卻是植物愛好者的福音，能以市價六折買到鬱金香、風信子、銀蓮花、水仙、百合和孤挺花等球根。打開的瞬間，一顆顆胖嘟嘟、圓滾滾，還沒種下去就自帶可愛，我只恨家裡的陽臺太小。

增添新年花色心裡自然高興，而這些因緣際會被我買到的球根，像是不能選擇的家人，因為福袋湊在一起。

我小心翼翼地剝下外皮（像是剝蒜頭），讓它們露出白白胖胖的肚子，再根據種植說明書上的建議，選擇土耕或水耕。適合水耕的三顆鬱金香，剛好在我的透明花器自成一盆，不知為何，那讓我聯想到我和弟弟、妹妹三人小時候睡前的情景。當時我們會嘰哩呱啦地聊天聊到睡著，講學校發生的事，或是由我為大家主持成語接龍、冷笑話猜謎，以及較量彼此臺語 ABB 疊字詞能力：暗漠漠、婧噹噹、白鑠鑠、紅記記、冷吱吱、活跳跳……三人輪流說，不知不覺玩得太嗨，反而沒睡著，還引來大人敲門罵人。

通常最先犯睏的是我，而為了讓他們也跟上，就會半睡半醒地起來按下錄放音機的 play 鍵，大家一起聽故事入睡。這也養成我往後人生習慣睡前聽音樂，乃至現在收聽有聲書或 Podcast 的習慣。

那盆鬱金香植栽，每顆球根都有不同編號，代表未來會開出不同花色，如同我和手足後來長成不同的人。所謂的家人，或許也像是一種福袋，出生時不能選擇，也不能預期長大後會變成怎麼樣，有驚喜，當然也有驚嚇。

勤花

種花後習得不少新詞，例如「勤花」，代表這花開得很勤的意思。一朵謝了以後，枝椏另一頭再接再厲，一朵接著一朵，這樣接連開獎，我當然種得很歡喜。

「這棵菊冬至很勤花。」誇的是花，順道也誇到種花的人。看到勤這個字，而且用來形容植物，我感到耳目一新。勤學、勤勞、勤勉這些字眼，在現在這個標榜躺平的時代，似乎有種過時之感，腦中開始演算各種情境：勤勞的人種花一定會勤花嗎？假使有個懶人種到勤花，這樣花還是很會開嗎？

種花使人快樂，快樂到每次開紗門往陽臺澆水的時候，總是人未到聲先到，會對外面的花草說：「大家好，我來了。」澆水、落肥、洗葉（有助驅蟲），一旦專注起來，彷彿進入精神時光屋，完全忘了時間。植物能感受到我的快樂嗎？我很想知道答案。

勤花是擬人法，科學一點來說，指開花性高。花會不會開，變因太多，除了人為因素，植株品種和環境影響皆很大，通常日照多開花性高，但又要防過熱與曬傷。勤花的反義詞我認為是徒長，枝椏只抽高，這據說是光照不足，植物為自己找出路。

花農告訴我，他許多客人在陽臺養茶花養得比在田裡還好，像是在都會公園裡的鳳頭蒼鷹少了野外天敵那樣。動植物善於適應，不過養在都市有都市的問題，比如我的花種在高樓的陽臺，風切效應常令盆栽翻倒，照顧者除了日照還要考慮風。因此，每次選購植株的時候，心裡的那把尺即是比照免票兒童身高的一百一十五公分辦理。

當我還是個身高一百一十五公分的幼苗時，算是棵「勤花」嗎？回想小時候，我讀書算是軟爛散漫，常被大人囑咐要勤學、要勤勞、要勤勉。看來，我在他們的眼裡和「勤」有點距離。

如果說，種到有產值的花，會讓人較有成就感。那麼，栽培到不太開的花，這樣的花值得愛嗎？我認為這已經不完全是種花的問題了。

勤花也不是完全沒有缺點，勤花代表瘋狂消耗養分，若沒有時時補充肥料，多產的代價就是耗弱甚至逼傷自己。這樣說來，不勤的植物或許才是放過自己的養生能手，美德由他人去說。

輯六

放過自己
求生指南

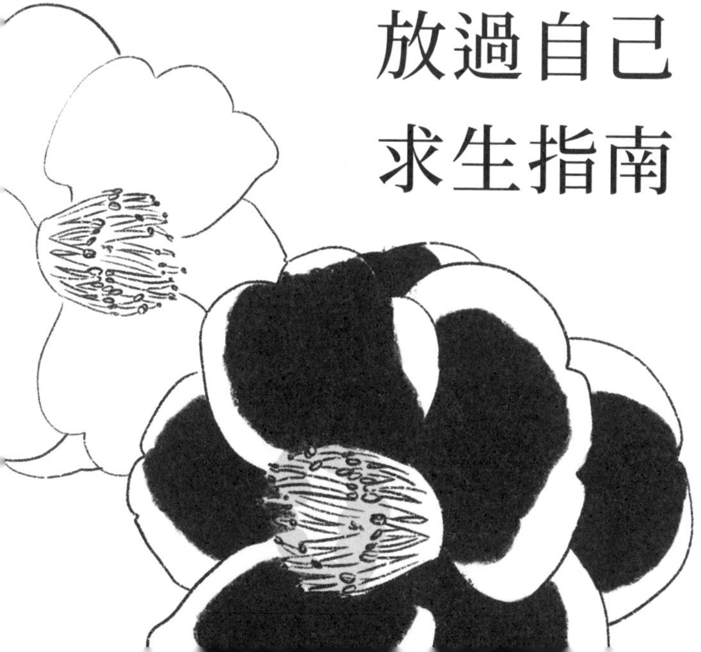

這有什麼好說的

曾有一個寫作經驗，是老師讀完我的作品後在課堂上回應我：「你的內容都是寫一些平庸的人耶，這有什麼好說的，我看題目就叫『庸人』好了……」

我寫的內容其實是我的家人、我的家族遷徙的故事。的確我們就是尋常百姓家，就是中產階級普通人的故事。二十幾歲的我文筆肯定欠磨練，也欠缺完整的作品意識，平庸的文筆寫普通的故事被老師揶揄幾句也是剛剛好而已。

只是那時，我實在沒有辦法接受題目要被改成「庸人」；理智上無意衝撞老師的專業權威，但情感反應在行動上，我抗拒這樣的修改，寧可換個題目重寫，或是放棄不要寫。

這件事情讓我帶著好多年的傷，讓我儘量不碰散文這個文類，才華是一翻兩瞪眼的事，大不了就是沒有。這個世界上職業很多，寫幾個字然後讓自己的家人連坐被外人指手畫腳，我可以不要選擇作家這個行業。

二十多年前的學院課堂噩夢，是自己「小題大作」了嗎？我常常這樣詰問自己，文學理論那麼多論述，作者不一定等於文本，為何要如此入戲，如此和傷口糾纏，自己跟自己過不去？

但心裡一直掛著這事也不是完全沒有好處，後來因緣際會走上文字工作這條路，身為作者的時候，在處理人物故事時，態度會比較謹小慎微。作者像是鏡頭錄影的人，要從哪個角度「觀看」？「揭露」的比例到多少？我常常陷入苦惱。

而身為編輯的時候，收到再怎麼混亂的稿子，我知道亂發脾氣是沒有用的，只能耐心陪伴，一起討論找出亂掉的線頭。

或是年紀更大一點，當自己開始帶一些寫作課程，或是變成文學獎的評審，我的角色成為「師者」，面對別人捧上自己的故事來請教，我常常會想起當時教室裡的我。

或許人家寫下這些文字時，靠此暫時逃離現實，靠此得到專注自己的高光時刻；或許人家好不容易在工作和家事兩頭燒、小孩子好不容易睡著前才寫下這些字……面對別人作品時，我希望自己的回應可以帶著覺知，不用玩笑或那麼多情緒。

那麼我的傷好了嗎？關於那些「這有什麼好說的」的普通人生普通故事，那些純粹到只剩文字和自己的事，反而是我現在最喜歡寫的題材，而且寫下來的時候，常覺得被愛。

奴隸的編號

晚輩去應徵婚禮企畫，面試的時候資方問她幾個問題：大抵是為什麼讀了幼保不在本科系想要跨行？為何去童書出版社做了幾年繪本編輯，人都快要奔三了，還想轉職？不是社會新鮮人卻總是只當執行者，是否想法都在腦袋裡沒有實際發揮？

問題層層逼近，接近靈魂拷問，最後一擊是：截至目前為止，人生成就感是什麼？未來想要變成什麼樣的人？

晚輩試圖描繪答案，又覺得自己沒有講到重點，沮喪像一桶水淋了下來，就這樣憋不住，在面試當場落淚了。

我邊看她的訊息邊皺眉。她補充：「主考官認為這些問題有助釐清人生重點，所以請我一定要認真想想。」

我內建的警鐘才要逼逼逼大響：這不對吧，不是這樣吧……這些問題儘管重要，但干上班什麼事呢？或許這是一份很吃員工人格特質的工作，所以需要這樣坦誠了解，但面談到最後，竟然有「這樣做是為你好」的意味飄出來，頗令人不安……

我沒有點破什麼，僅真心回饋我的想法：「都說婚姻是愛情的墳墓，婚禮企畫這個工作，換句話說也是某一種人生階段的送行者吧？

「照對方的邏輯，如果要強力思考人生問題，逼視眾生群像，人才不會白活，那該加入的是不是殯葬產業呢？」

晚輩在螢幕另一頭被我逗得大笑，但願她良好的體質可以儘快代謝這場情緒風暴。

想想接近三十歲那時的自己，好像也是不太快樂，覺得自己一事無成，工作也還在摸索，彼時溫順如鴿的我，很難想像就在剛才，當主管在會議上質疑我：身在網路公司為什麼看不懂程式碼？我竟然行雲流水地反手拍回擊：去加油站加油，也不一定要懂得挖石油吧？我本來就是內容編輯，看不懂程式……不是很正常嗎？

曾聽過一個笑話：為什麼人力銀行的公司名稱都是104、111、123、518這樣一串數字？

因為奴隸只有編號。

前陣子離職登出又回歸公司的同事，年資歸零重新計算，就職第一天獲得全新的員工證，她尖叫告訴大家：「媽呀，我的員工證尾數是1314！一生一世！」

天啊好地獄！好像結婚誓約那般一生一世綁定的預感。

反觀我自己脖子上掛著的員工證號碼尾數是「881」，這樣的奴隸編號，看起來就不太好使的樣子。

不過老實說，我喜歡我的工作，為此我要儘量拿出人的尊嚴。

糖醋排骨不要醬

和朋友去吃素食自助餐，坐的位置剛好很靠近櫃台。餐廳除了內用，也接外送平台訂單，生意非常好。

「有一張特殊需求喔！」「主菜要糖醋素排骨不要醬！」

店長的口氣相當無奈，接下來是一連串的牢騷。大概是說——外場的自助餐餐台上還有一大盤素排骨，今天都賣不完了，就因為這張單子，要再重新炸一份，一份是要怎麼炸？她說她真的很難跟廚房開口，又不能直接聯絡下訂單的客人，因為接單的是外送平台（會不會可能只是她不會？或是怕麻煩？）。

「糖醋排骨不要醬」這張訂單，顯然還打亂了她的工作節奏，本來夾菜、分菜廚房和外場分工流暢的生產線，這下子像是有人用手指畫一條線，讓原本一隻接著一隻的螞蟻隊伍頓時手忙腳亂。

「客人的話就是要聽啊，我們就是這種命，還能怎麼辦？」店長聲音帶著點哭腔音，她最後決定屈服，叫廚房動手炸一鍋屈服命運的素排骨。整家的店內用的客人，嘴巴吃飯，耳朵「吃瓜」，我想應該不會只有我一個人，熱切地收聽這一齣正在直播中的職場寫實劇。

「其實可以用原本那一鍋啊，不用重新炸。就用夾的就好了，濕濕的糖醋醬不用淋上去。」朋友的判斷充滿智慧。

「真的耶！」本來很同情店長遭遇的我，忽然驚覺應該要收回我認同的「讚」，瞬間襲來眼前的是滿滿的既視感——中階主管揣摩錯上意造成部門白忙一場的悲劇。

上班的每個片刻都有大魔王，有時候來得很急很快很誇張的需求，情緒難免會凌駕理智先行。職場也是人生階段的一種切面，外向掙扎也好內向裝死也好，不管是做哪一種選擇都是基於生存本能，人都會想先救自己。

救自己就是要先了解自己，我對自己的了解，我應該屬於職場的內向者，像是過馬路的鹿，遇到疾行的車頭燈強光照射，常常是原地不動的。已讀不回的「停」「看」「聽」是要幫自己爭取時間，我過濾的方式會比較傾向先判斷：紛紛如落石般砸下來的指令，哪些該接？哪些該躲？哪些是人工詮釋後的「假消息」？沒有反應、反應慢，或是常常質疑上意，的確會不討喜，但這些成本我是願意投入的。

身在吃素的餐廳，思考著不吃素的職場法則，也是特別的體驗

城被化空以前

吾友曾經擔任出版社編輯，某次書封設計的提案出來，她和設計師都很喜歡，手繪充滿創意，初稿寄給主管，收到正面評價，上面的人看了半個月，還寄給業務和通路，主管會議回饋字體和顏色的修改，一校完成度算高。

不到一周的時間二校回來，折口、書名字、封面和封底文案都調整好了，她收到當下很開心，但手機通知跳出新聞快訊發陸上颱風警報，擔心明天有颱風假，她速速提交工作群組，準備下班去防颱，想不到颱風先在她辦公室登陸。

「為什麼做得那麼粗糙？」大主管走來她的座位，說話的口氣好像是今天第一次看到封面。

她試著解釋，手繪是軟性抒情風格，文案是國外得獎和銷售數據，不是一開始討論的就是這樣嗎？

「妳這樣講話很不負責任，現在就是風格不一致……」

「重點是，完全沒有大書的氣勢！」

大主管不買單。

辦公室沒有人聲援她，自己的主管也是，那些曾經一起開過的會、來回討論的信，好像從來沒有過一樣，一切都是幻覺。感覺是避免不了要大改了，朋友很難過，什麼大書，眼下看起來大輸的就是自己，辦公室外面開始有間歇風雨，超市的菜應該都被搶光了，回家的客運直達車也因為這個耽擱趕不上了。

我想到之前看過的藏傳佛教「壇城沙畫」的紀錄片。都說「一沙一世界」，沙是建構世界的基本元素，喇嘛從繪製幾何圖像草圖開始，耗費多日再用數百萬計的彩沙粒描繪佛教經文中立體的佛國世界。「壇城」比較多人聽過的說法是「曼陀羅」或「曼荼羅」，前幾年流行的色鉛筆畫曼陀羅著色畫，大家都有畫過吧？很多細節也很需要專注。而喇嘛手持彩沙，涓滴成型的「沙壇城」，難度更高了。只是神聖細緻的壇城沙畫完成後，還必須進行最後一道「化空」儀式，上師會以金剛杵切劃壇城，解釋佛教「萬法成空」，彩沙築成的大千宇宙，也會從無到無，化為細沙。

果然修行在人間，但我總不能和朋友說佛法，告訴她——其實妳正在領受「化空」的階段。沒有不修改的意思，可能很多人會覺得不過修個二校，是在「哭」什麼？我朋友這個往事，只是普通常見，在你的弟弟、妹妹、哥哥、姊姊的辦公室都非常容易遇見的尋常故事。在影片製作、設計網頁、廣告行銷，甚至是新家裝潢設計……都會遇到，設計一修再修，作品一改再改，五彩斑斕的壇城蓋了又化空，繁華攏是夢，人間不過一掬細沙。

「佛法在世間，不離世間覺」，我不懂佛法，希望懂佛法的人，可以開示職場生存法門，而以上情節如有雷同，建議放下工作，先去吃晚餐。

新人際時代

之前工作的出版單位，收到某校中學生的投稿，推測對方應是不熟介面操作，導致上傳失敗，誤以為心血全無，一時怒不可遏，連續發射幾封洩憤的內容至服務信箱。

資訊部同事幫忙撈回資料後，本想就這樣算了，只是服務信箱通常部門所有同仁都看得到，多數同事覺得不該這樣被使用者髒話汙辱，循著投稿者留下的學校電郵，告知對方所屬高中。

可能是某種匿名的錯覺，人在使用網路時，常過分交出自己的真心，或亟欲想受到關注、解決當下的問題，所以言語變形出平常自己不會講出的話。Enter 鍵送出後，白茫茫一片真乾淨，好像話語就此投入深邃的湖裡，無人知曉。

但其實還是會有人看到。不小心的失言像是伊索寓言裡樵夫不小心掉到湖裡的斧頭，卻非人人都可以遇到善良的湖中女神，掉的鐵斧頭不但被歸還，還獲得預期以外的金斧頭與銀斧頭。當不小心掉到湖底的斧頭鋒利到足以傷人，湖中女神是會想報警的，斧頭瞬間變成傷害的證據。

不久之後，收到該生的道歉信，這算是圓滿的結局。回到「是否要告知學校」的當下，看到信的同事內心好糾結：會不會害這個年輕人被學校記過？網路鳥事蔓延到現實，是舊時代人不用煩惱的人際，活在此刻的你我則必須適應這百變怪，這並不容易。儘管該生尚未成年，網路使用的直覺性可能不比網站的研發者差，或許真的就是操作介面難用，他只是戲劇化地讓大家知道這件事而已，可是語言暴力就是暴力，到底如何回應又不小題大作，公司內部的確經過一番討論。

現在和過去很不一樣了，倘若今天我與鄰居因為停車位有了口角，兩造互罵，碰面時就算互看多不順眼，頂多各自回家關起門生氣，若緣分到了，問題就有機會被解決。但今天這件事情若被放在社區群組、爆料社團，事情便不是那麼簡單了，可能當事人明明已經道歉和解，歷史舊文一旦被翻出來，還是會有不相干的路人吃瓜，指指點點。

我家對面鄰居，去年被社區攝影機拍到倒垃圾沒有做分類，主委放上社區群組，鄰居從此不再參加社區管委會開會。前陣子，仲介頻帶人去看房，原來鄰居已考慮賣掉房子。

人生有各種艱難，新人際時代看似輕薄，言行的重量實則沒有更輕鬆。

捷運蜻蜓

高速振翅聲引起原本低頭的我注意，早上通勤的捷運車廂裡，出現一隻蜻蜓。牠撞了幾次窗子，急欲向天光飛去，我覺得像極了某種文學譬喻。還沉溺在思考像是哪一種，對面的女子放聲尖叫，她嚇到從座位彈起來跳開，撞到身邊的人。昆蟲振翅的聲音讓她以為是蟑螂，恐懼加乘密閉空間，整個車廂在幾秒內陷入極大的騷動。「蜻蜓啦，是蜻蜓飛進來。」混亂中有人大喊，要不然，恐怕有人要去按紅色緊急按鈕了。

「不好意思！」定神後，尖叫女子決定在最近停靠的捷運站，快步下車遠離尷尬。我心想，如果我是她，估計也會這樣做。看她的模樣應該也是趕著打卡的上班族，因為蜻蜓這種荒謬的理由要改搭下一班車，不禁教人心生憐憫。車門關閉，最需要下車的應該是蜻蜓，那隻蜻蜓仍不斷在車廂內撞頭，隨著列車和一群社畜開往市中心。

社畜們接下來會陸續下車、依序排隊出捷運閘口、排隊等手扶梯、排隊進公司電梯，然後進公司打卡。濃厚「畜」感的一天就這樣展開，早晨的通勤車廂擁擠卻一片死寂，可能是早起或身不由己的哀怨久久無法散去的緣故，所以放眼看去，車廂裡滿滿都是和我一樣表情厭世的社畜。記得某日巧遇多年不見的友人夫婦，儘管我內心激動想和他們打招呼，但賢伉儷表情實在太嚴肅，自顧自滑自己的手機，我實在無法判斷熱情上前說嗨，真的好嗎？會覺得被打擾吧？厭世忽然好像又變成一張面具，和口罩一樣，以社交安全為前提讓人保持距離。

後來，我常常想起那天的捷運蜻蜓，如果蜻蜓順利在某次開門時飛出，我想像牠高速飛行，脫離迴圈，即刻拿回自己的人生的樣子；如果牠還是沒有找到對的門飛出去，轉眼捷運將從高架進入地下，窗外不再有指引的光，蜻蜓自由的機會愈來愈渺茫，像是內在意識探索自我時遇到茫然黑暗。

蜻蜓像是一個使者，先讓人尖叫，然後讓我想到我理所當然的上班路，人要常常觀察自己莫名其妙的部分，才能看到自己的陰影。我有點不敢想像捷運蜻蜓的下場，捲入人群通常沒有好下場，多半是被拍死的命運。

長輩濾鏡

今日我捷運座位旁坐著一位精力充沛的阿姨，講手機如入無人之境，電話內容像是直播一樣，車廂內所有人都同步收聽。阿姨正在做一個揪團出國的動作，遊說幫她紋眉的老師一起出去玩：「我在捷運上，捷運很吵，會聽不清楚，妳講話要大聲一點噢。」阿姨表示她要一路坐到市貿看旅展，我看錶，現在才八點十五分，臺北股匯市四十五分鐘後才會開盤，阿姨現在這時間去，是要等旅展開門搶頭香嗎？

「我有看到廣告，自由行去重慶五萬五，冰島二十二萬，我現在八十三歲了，現在不走什麼時候走？妳護照緊去辦辦，再過幾年，換妳也就走不動了……」這樣的勸敗……

「明天要去板橋林家花園，就是上次我介紹給妳紋眉的那個，對啦，阿鳳啦，伊揪誒，大家要一起穿和服照像，她有找攝影師，機會很難得，我知道這個妳沒興趣，就沒約妳了，對啦很遠，我知道，所以才沒有約妳，妳看我很懂妳吧？」阿姨鼻子噴氣，話題另開視窗，開始抱怨她從北投去板橋很遠，穿和服又很熱……這樣的句型好像也有點熟悉，不就是口嫌體正直嗎？

比對鄰座靈魂空洞眼神死、或落坐在位置上「度咕」打瞌睡的上班族，阿姨渾身是勁，她的聲音中氣十足，而且阿姨在最後還是不忘回到正題：「所以，妳想要去冰島還是重慶？」

聽到這裡，瞬間讓我精神一振，忍不住想站起來掌聲鼓勵，這簡直像是行銷書裡會舉的優良範例：高明的早餐店經營術，不會問客人漢堡加蛋還是不加蛋，而是問漢堡要加一顆蛋還是兩顆蛋。

來不及聽到紋眉老師最後給的答案，下一站我就要換車了，長輩濾鏡，認同請分享。

中午吃什麼

「中午吃什麼」的 LINE 群組，通常在十二點跳出橘色訊息。「咖哩嗎？」「還是要吃計程車？」「不然基督教好了？」

討論午餐吃什麼的內容充滿只有群組內的同事才聽得懂的簡語，以上如果要白話翻譯，大約是：想吃慈祐宮附近的日式咖哩飯嗎？還是要吃公司巷口因為臨停方便，所以很多計程車司機會去吃的炒飯店？那裡料多飯也多，老闆動作又快。還是想吃八德路公車牌前的雞排飯？因為老闆篤信基督教，在每桌的玻璃墊下都放著不同的《聖經》語錄。記得上個月剛來的新同事，因為下樓的電梯擠不下他搭另一台，後來就和我們走失了，一度很擔心他會跑到鄰近的長老教會門口乾等，日頭赤炎炎，等到又餓又尷尬。

我也開誠布公地告訴新同事，經過一個上午辦公室的高壓蹂躪，中午吃飯是彌足珍貴的喘息時間，如果想吃什麼或是今天想一個人吃，千萬一定要任性做自己，特別是疫情以後，自己一個人吃飯，衛生又天經地義；連吃個飯都覺得被勉強，工作大概也會做不久。甚至，像是打遊戲一樣，可以隨時退出加入別的群組。

會一起吃飯的群組，不一定是同部門的同事，但一定有某種程度的氣味相投。「中午吃什麼」群組口味偏甜，這並不指飯後會來一杯手搖飲的意思，那是另外一群。偏甜是南部口味，例如感慨肉羹湯不會甜、嗜吃冰糖煙熏滷味、大推甜鹹甜鹹的滷肉飯、薯條會沾蛋捲冰淇淋這種吃法，比對各自來歷約莫都是嘉義、臺南、高雄、屏東的子弟，講到初來北部吃到豬血做成米血糕，上面灑花生粉和香菜，原來有人和我一樣會嚇到不要不要，因為成長印象中的南部米血糕多用禽血——雞血或鴨血鵝血，通常也只有清燙、清蒸或煮成湯，沾醬油佐薑絲。或是咬下蔥油餅瞬間發現裡面竟然沒有肉燥，就是真的名符其實只有麵皮加蔥……這些都是來自炎熱乾燥的南方，上臺北讀書或工作，人生才第一次見識除濕機和烘衣機的我們，舌頭裡的回憶。

當然也會偷聽隔壁桌的北部人同事，他們連假去南部吃了什麼？嘉義的哪間噴水雞肉飯、臺南國華街必吃十家店、高雄鹽埕區鴨肉排隊很久……飲食習慣很容易戰南北，笑而不答是最好的回應。社畜的午餐時間，我只求安靜地「恬恬呷三碗飯」，當然偶爾也是會八卦、會交換情報：彼個誰人賣了自己那一份祖產的幾分地，換來買天龍國的一間小兩房，一間小籠子。

中午吃什麼？東西南北吃得開，吃什麼都好。

光明燈

去保安宮參拜，家人要我約也在臺北念書的姪女一起去，多個人手提供品。我和姪女相差二十多歲，我意氣風發考上研究所那天，她還在新生兒黃疸。想想這幾年雖然都住臺北，但也沒吃過幾次飯，這麼久沒見，年輕人社恐應該不會理我，傳 LINE 給她竟然說好，事情就這麼決定了。

「有啦有啦，我們中午吃素啦！」LINE 是這樣回報南部家人，但在臺北吃素可以是好時髦的事。我們去吃未來肉「U植」漢堡、炸香香魚豆腐和蒟蒻花枝圈。

她自小數理不錯，也如願考上護理系第一志願，大四是她實習的最後一哩路。儘管我努力克制自己不要像長輩一直問東問西（避免回去之後被封鎖），但職業病上身，忍不住還是對她專訪起來：那妳想好要選哪一科了嗎？各科的文化和優勢劣勢妳都打聽清楚了嗎？

姪女給我一個苦笑（回去我應該會被封鎖），畢竟想要的和現實的都會有差距，例如她其實最想選婦產科，因為她不會不喜歡小孩，也不會覺得嬰兒哭聲吵，反而覺得嬰兒很香，光這一點就可以贏全班三分之二的人了吧？「但是因為少子化，要審慎考慮。」至於熱門的科，真的是因人而異，姪女說班上好幾位同學想要去的是刀房或ICU，除了薪水可以加成，還可以不用輪班，更重要的是：「不用面對家屬」，寧可見刀見血也不想見家屬。面對家屬，是很為難的事嗎？姪女點頭，盡在不言中。

目前她傾向去精神科實習，吸引她的理由是：「觀察人心是很微妙的事」，姪女說她喜歡寫觀察紀錄，喜歡看個案進醫院前的故事，比對前後。

那實習完會繼續留在臺北的醫院服務？還是回家鄉找附近的？「姑姑妳知道嗎，以我們系排（排球隊）為例，我認真算了一下，畢業三年以上還在醫院的一個，畢業兩年還在醫院的兩個，剛畢業的都還在撐。」姪女眼睛瞇成一條線，但是她似乎看得很清楚。她指出薪水和工時的問題：「因為我們不可能只上班八小時，前後有一小時的準備和收尾。學姊常提醒一定要記得喝水，不然容易得尿道炎，因為忙到沒時間上廁所……」

「還不如和妳一樣當作家！」她說。這下換我想尖叫，這位年輕人應該不知道，銀行可能不會那麼輕易借作家錢買房子？

吃完飯我們緩步往大龍峒前進，先去買柿子，求事事平安。「才買這樣？這樣還要特別約我出來提水果？」姪女大笑。

對啊，重點是找妳和我一起去保安宮，那邊有文昌君，妳還是學生，未來還要國考，要認真拜，等等進廟門要龍邊進去虎邊出來，然後記得提醒我，離開前我們都要去登記新春點燈，自己的光明自己點。

交稿了沒

那天做了個惡夢，夢中去喝咖啡，不慎打破店裡的杯子，滿懷抱歉，結帳時賠店家杯子的錢。夢中的杯子賠償費兩千元，哀怨中醒來。醒來覺得幸好是個夢，幸好「又變了個好人」。急奔去咖啡店兌換上次買豆子送的咖啡內用一杯壓壓驚。

網傳東京有「趕稿咖啡廳」，沒寫完不能離開、店員還會關心寫稿進度，讓拖延症完全消除。頻頻收到這個訊息的我一度自我檢討交稿信用是有很糟糕嗎？還是說到「作家」給人普遍的印象就是會「拖稿」？但老實說自從開始要繳房貸後，靈感總是特別有，身為作者的我，近期真的沒有在欠，為了開源節流，也期許自己少在咖啡廳「浪流連」。所以敬告友人們，不用再傳日本的趕稿咖啡廳連結給我了。身為作者的我近期都沒有在欠了；身為編輯的我也有一張近期買房子的作者清單，和這批作者邀稿，通常都很準時交。

我喝著內用咖啡，現在咖啡店沒有什麼人，除了我之外的另一桌客人，已經把這裡當成自己家，討論出國行程：

「你知道嗎？除夕前一天飛機票大約會貴五千嗎？那你可以多請假二天嗎？」

「什麼！差那麼多！」語氣震撼。

我才要震撼吧，現在才暑假已經在搶寒假的行程了嗎？房貸詩人近期應該也與出國度假無緣，臨走前決定放自己再買半磅豆子，繼續兌換下次免費內用咖啡。

交稿就在十天後

近日有本翻譯書《死線已是十天前》讓我讀得趣味盎然，使用截稿日這個切入點，帶領讀者一窺日本近代幾位文豪們，為了交稿而顯露出人性瘋狂的那一面，一睹產地現場的荒謬好笑。我是旁觀他人之痛苦的心情去欣賞這些事故現場，原以為通常作家都臉皮薄或有精神潔癖，可是書中竟然不只一個人提到交不出稿子是因為痔瘡，並且大概擔心編輯以為自己裝病，還描寫了使用蒟蒻敷患部的過程，細節真是太多了。

據說作家最不想聽到的問候就是「交稿了沒」，剛入行的時候，我曾聽聞資深編輯提到寫信或致電提醒時，被作家怒斥「沒禮貌」，所以催稿的心法第一課是「打蛇隨棍上，無聲勝有聲」——不過，也因此有產生誤會的時候，比如編輯明明沒有要催稿，卻顯得像在催。

醫生作家放暑假到泰國桂河度假，大人小孩玩水很開心，但身為醫生的敏感，令他一邊游泳一邊擔心河裡可能有阿米巴原蟲，私帳貼文快樂中流露不安。我於是留言安慰他，可以變成專欄的題材轉移注意力，還特別標註非催稿。想不到這樣看起來更像催稿，下一筆留言只好打上笑臉，卻未料顏文字讓當事人看得毛骨悚然，還引來多位出版社編輯按讚……在這邊要澄清，這位醫生作家交稿一向很準時。

盛世美顏小說家很期待專訪攝影成果，被我看穿心思，心想這些美照應該會在催稿時派上用場吧？而這場作家對談恰好是由小說家執筆整理，訪談稿又是磨人的漫長跋涉，我見他無聲好幾天，決定給他一點刺激。

一發現他上線，我便秀了一張確定會刊出的人像照給他瞄一眼提振精神：照片裡那睥睨眼神，那下巴弧線，那背部線條，那天他穿著他母親的藍染和風襯衫，剛柔並濟的飄逸展現他最好的年華，真的是張拍得很好看的照片——

「瘋掉！」隔著螢幕我好像都可以聽到他的興奮尖叫。

見他已讀後我把照片收回，並說：「這還是低解析度的，你快點交，就可以儘快贖回自己的高清美照。」我完全可以想像他飛快打字的樣子，而且我相信自己很快就會收到稿子，果然一下跑到終點。

這些都是作者交稿十天前，或是更多天前，身為編輯的我的工作即景，有些是無心插柳柳成蔭，有些是催化的加速器。聽聞過許多編輯與作者優雅的往來，例如在稿件通知刊出時順便預告下次交稿時間，乃至於把稿子逐句讀出來給老花眼的作家聽聲校對。老實說，這樣看頭尾的耐心仔細，我應該是做不來的。不過刮別人的鬍子前，自己的要先刮乾淨，在催別人不要拖稿之前，身為作者時的那個我，最好也要準時交稿。

和青江菜差不多

交稿了，私訊問編輯還喜歡嗎？得到一個回答：「和青江菜差不多。」

「？」

未說先猜編輯今天心情應該很好，才會有興致想跟我講這種五四三，就像是擲筊得到笑杯，讓人不得不繼續問下去。和青江菜差不多，究竟是指喜歡還是不喜歡呢？自己也是編輯，有時候收到作者熱切寄來的稿子，冷感或熱切是可以感受得到的。

我其實很喜歡「和青江菜差不多」這個答案。在我的理解，青江菜原則上不是一種太會樹敵的菜，菜飯多會用青江菜，煮軟還是很好吃。自助餐便當配菜也常出現青江菜，大概就是不上不下、普普通通，還可以接受的意思吧？

青菜蘿蔔各有所好，有人會不喜歡青江菜嗎？肯定是有。有沒有深惡痛絕的呢？我想應該也是有吧。想到家人曾說過的當兵經驗，青江菜在部隊吃到會怕，正和我交手的編輯是位男生，我忽然沒有信心了起來，該不會他也有青江菜吃到怕的陰影？他說：「和青江菜差不多。」指的是負面表述？

「到底？」我繼續追問。訊息很久以後才被已讀，接下來是一連串貼圖，我的解讀是，可能剛剛本來要和我聊天，忽然又忙起來了。

到底為什麼要問這種為難別人又為難自己的問題呢？看起來就像問別人：「今天穿這樣好不好看？」不是，我並不是期待得到男友視角或女友視角的甜蜜答案。編輯和作者之間微妙的關係，有時候並非像是雇用或是欠債人和債主，我會比較同意像是教練和運動員。我這樣問，其實想說的是：「今天我在單槓上轉了三圈，請問動作還可以嗎？」身為作者我要問的是這個。

「和青江菜差不多。」這個回答真的太高，幾乎要挑戰我生涯高度，不管是身為作者的我，或身為編輯的我都沉吟良久。抑或是稿子他根本還沒看呢？這只是編輯的機器人回覆，幽默創意，有贏ChatGPT。

我又交稿了，這次是另一家媒體比較不熟的編輯。

「請教稿子還可以嗎？如果有需要調整，再和我說，祝好。」這是我交稿信的慣性用語。

不熟編輯回信了：「不鬆不緊剛剛好，像是穿起來舒服的衣服。」

好、好、好喔，看來大家都很會。

放過自己求生指南

身為作者也身為編輯，切換間常有可玩味之處。絕對的，那不僅僅是交稿和催稿的關係。

某次討論稿子到最後，身為編輯的我忍不住與作者交心：「我覺得自己現在人生有點茫然……」「茫然什麼？」雖然只是訊息，但腦海已經有了這位作者說話的立體聲。我放了一下，回了一串「哈哈哈」；畢竟，如果我知道為什麼茫然，也就不會這樣說話了。

「等茫然過了。」「都會過去。」「我還沒有看過哪種情緒可以困住別人一輩子。」看到回訊，儘管並無進行事件的任何具體討論或建議，這位作者甚至不知道我發生什麼事，我還是很感謝她接住我當下的情緒。就是如此幸運，事情真的就過去了。

作者和編輯一般來說像極了生產線，編輯的時間感，因為企畫和版面的前置作業，大概會比現在快一到兩個月。作者的時間感呢？應該像實際溫度和體感溫度的距離——因人而異吧。

打開另一個群組，我「擔任」的是作者身分。由於必須定時定量產出專欄稿，趕狂寫稿的時候，彷彿回到學生時代，自己在吧臺做飲料的打工場景。身處在這樣的生產線裡，我會失去方向感和時間感，非常仰賴編輯下指令。例如，元宵節快到了，「要不要出一篇湯圓或元宵的食記？」「印象中你說過誰嘗試用豬油包湯圓，可是吃起來都是豬油的味道，要不要細談這一段？」許願像是訂單傳來，我是一隻戴著眼罩的驢，只要一直一直前進就好，後面駕車的人會看方向。

燒燙燙的一篇寫好，下好離手的儀式我會標註編輯的帳號打一句：「出菜了。」交稿這件事因為通訊軟體滲透日常，產地直送更快速了，拖稿的尷尬也更無所遁形——「沒有收到 Email」這種理由，現在我只敢用在信用卡費逾期忘繳的時候，拿來對編輯這樣說，教人無地自容。

不過，也有另一種情形：如果答應交稿那天，發現編輯的臉書動態上傳出去玩的照片，身為作者的我會見獵心喜、微笑鬆懈。那簡直是上天垂憐，表示對方今天沒有上班，我又多了一天寬限期；知己知彼，編輯的休假日顯然是不能說的祕密。

點開另一個對話框，自律甚嚴的詩人表示今天準備讓自己放假。可是，還沒到中午吃飯時間，又見她傳來訊息：「決定今天要放自己假，結果不知道要幹嘛……」我思索一番，根據她供稿的行為模式判斷，這絕對不是在發炫耀文、不是炫耀自己奢侈的煩惱。反之，這是一題靈魂拷問，這是勞碌的內容生產者沉吟的哀歌。

「不知道要幹什麼……才是放假吧！」我這樣回，然後再大力按一串驚嘆號。

嚴格詩人誇讚我說出本日金句，據說後來她還是跑去做陶，所謂放假，是放下手邊的稿，去做別的事，繼續生產新作品。反倒是沒有放假的我，悠閒打開嚴格詩人寄來的「藍莓探戈」，這淺焙豆真是香要快點喝，花開堪折直須折。看看別人想想自己，我真是好容易放過自己，不論身為作者或身為編輯。

冷知識熱話題

有很多冷知識是我在當編輯的時候無心插柳知道的，例如曾經編輯到一篇談算命的文章，提及但丁《神曲》的地獄插圖，繪有算命師死後的懲罰，他們永遠不能向前看，只能往後看。讀到這裡，我的想法是原來天機真的不可洩漏，對於能預測未來者，不管在東西方，都會被降罪呢。

回到工作，編輯企畫某些程度也是預測或製造未來的人，選題都「做」在一個月前，的確很多「成功」是人為的因素醞釀成真，那麼我會被降罪嗎？自己會心虛，是因為吸睛的冷知識多是片斷的、沒有系統的，點閱率時代來臨後，這種心虛又變成虛榮，因為片斷冷知識常會變熱門點閱，完整論述反而生意冷清。

要不要和點閱低頭，這真是兩難，不管冷或熱，完整或殘缺，打滾多年後我觀察到一個公約數，我會選「讀完有所得的」。

不管是得到一個新的說法，或是跟著內容重新活一段自己不可能活的人生，只要人們還願意閱讀，願意思考和討論，時代自然有時代進化的節奏。

而某日我被社群上一則討論吸引：「我想知道近視一千度的人，拿下眼鏡後看到的世界是什麼樣子？」

身為近視一千度的我心頭一陣熱，想為這則討論添些柴火：雖然我近視一千度，但幸好兩眼沒有什麼視差，散光也不重，大概是沒有戴眼鏡可以走路，但不能下樓梯；可以拿出櫃子裡的飼料倒到貓碗，但看不清楚是雞肉還是牛肉；可以煮開水磨豆手沖咖啡，但一樣看不清楚用的是哪款咖啡豆；洗頭洗澡我一律用肥皂，因為看不清楚瓶瓶罐罐上面寫的是什麼。在大眾池泡溫泉的時候不能戴眼鏡，會覺得很危險，但是戴上眼鏡，別人又覺得你很變態是不是想偷看？

挑選眼鏡也很麻煩，例如鏡框的選擇很少，因為度數深、鏡片很厚，為了要美觀就要訂製超超薄鏡片，價格通常都要破萬。若想進行雷射手術，需要評估的問題也會比較多。

去潛水時租不到面鏡——這個倒是沒有讓我很意外。某次在關島，臺灣人開的潛水店老闆告訴我，你這樣的度數在美國可以領殘障救助金。後來我戴著八百度的面鏡潛下海，因為水會放大事物，我覺得看得還算清楚。

然後聽說度數深的人老花眼比較慢，所以我期待著……

我不知道自己近視一千度的經驗，最後會被誰讀到，但是我寫出近視一千多度的視角，會讓人讀完有所得吧？

只是要小心，讀完有所得，並不是代表完全沒有盲點，例如我沒有寫出來的，是為什麼自己的眼睛會變成一千度的成因。那又是另外一個故事了。

並沒有要完成什麼

「我想要的每一個東西、或每一個人，有時候其實我也不確定，我不知道自己是不是真的想要……」有時候，所謂的交談，只是想更確定自己已經有的答案，我看著朋友的眼睛，很想告訴她：妳只是借我的桌子和自己談判。

我曾有一張大桌子，我讓它靠窗。坐在這裡可以看四季樹的顏色、太陽斜角的變化，夏天日曬嚴重，在這裡閱讀寫稿或畫畫時我會戴遮陽帽。朋友來訪，通常也是在這裡招待大家，大桌子適合玩拼圖、抽塔羅牌，還有吃火鍋，朋友們常在這個角落常留下至理名言，或是罣礙包袱。

送客以後，我拿回我的角落，大桌子再度屬於我一個人的，還有我的貓。我的貓們也很喜歡這、貓比我更愛曬太陽。

什麼都寫不出來的時候，我就會一直重複畫線條，有時候我覺得線條是憤怒或興奮的血管，有時候會覺得像是盤根錯節的藤蔓或樹枝，有時候或許我只是好喜歡畫筆磨擦紙的那種刷刷刷感覺而已，並沒有要完成什麼作品。

或是憑直覺亂寫，儘管常常帶有羞恥的成分，但我自以為理想的寫作第一步，往往就是直覺式的——在第一時間，把情感無腦的寫出來。快速的，快到來不及動腦，只聽到鍵盤聲，或是筆尖、指尖摩擦的聲音。

這個寫法有一個好處，像是幫你的情緒先照了張X光片，抒情文最忌諱的矯情或僵化，都可以從這張「自由書寫」得到解方。如果你是用紙筆進行自由書寫，顫抖的字跡會傳達哪些是情緒漸弱或是漸強的端倪，如果你是採取打字的方法，你會發現自己總是重複哪些詞語，你可以把它們都圈起來。關上門你可以自己知道：「哪裡」，你一直過不去。

據說這叫「自由書寫」，每每完成「自由書寫」，剛剛寫下那些字的我，好像是另一個人，這樣說好了——我產出了一些，和這個題目相關，但我平常不會寫的字。通常這個時候我會替自己竊喜，從人力的角度來看，我從一個分裂成兩個了：一個實驗組、一個對照組。

大抵我會拿這張「自由書寫」當成我的草稿紙，也就是在這個時候，我才會啟動我的寫作。面對眼前的「產值」我可以完全推翻，重寫一篇，至少我有東西推翻。或是照著它的雛形，長出架構長血長肉。再不然一定可以圈選出幾個關鍵字，我特別有感的詞語，用它個別長出新的句子，最常用在寫詩的時候。

有時候，並沒有要完成什麼。

落地

上臺說話一直是我的罩門，公開活動的前一天，我總是噩夢，夢的內容大多是前往演講路上的各種交通事故：班次誤點、車子壞掉、被狗追……有一個印象特別深刻的，是走路走到橋斷掉，夢裡的我狼狽游泳上岸，可是衣褲鞋襪都濕掉了，我在夢裡掩面，那等等怎麼上臺？或是一直在高樓層奔跑，要跑到演講的教室，跑不到，無法落地。翻來覆去天就亮了。

寫作從個人變成公開，對我來說，一直都有切換鏡頭的問題。看起來只是把個人電腦變成投影，但怎樣把抽象的創作，講得不那麼「天人感應」，是我一直在摸索的事。

「文學引路」課程組成的學員，一半明眼人一半視障生，所以課前助教曾提醒，不是所有人都可以看到投影片，需要提前寄出純文字講綱，並且希望講課節奏比平常再放慢一些些。本來說話就很慢的我，收到這樣的需求，首先是鬆一口氣，再來是思考若不依賴投影片，該怎麼準備我的上課內容呢？後來想想，我沒有做太大的調整，因為作品對我來說，就是寫作者個人生命經驗的回放，能「往心裡看」應該比看課堂上老師寫了什麼還要重要。

那麼，寫作的初學者，要怎樣把發生過的事件「調閱」出來呢？這大抵就是我談創作的主旋律了。我腦中的「檔案室」應該是沒有歸類亂七八糟，不過沒有關係，要用的東西找得到就好。

我很喜歡舉空間當作例子：你從哪裡來？你今天怎麼來？上完課要去哪裡？你的人生想去哪裡？空間可以是一個區域、一間房子，甚至是一張餐桌，可以從餐桌的小事談起，吃了什麼？為什麼好吃？餐桌一定有一起吃飯的記憶，和誰吃？誰愛吃什麼？從此就可以貫串家人，一起吃團圓飯就會有過年的回憶，你家怎麼過年？我家又怎麼過年？用空間切入便能寫出時間和人間。

空間也可以談搬遷的故事，或是你家人遷移的故事，你現在住的房子，在你還沒居住之前是什麼樣子呢？你為什麼會搬來了，你想過你會搬走嗎？

我也會請學員們一起站起來，鬆鬆久坐的筋骨，身體也是一個空間，或許可以談談身上疤痕的故事？我一定會提到我臉上的青春痘疤，那時吃了或敷了什麼奇怪的偏方，延伸去想還記得自己十七歲時的樣子嗎？可以形容一下是怎麼樣的年輕人嗎？當時有沒有哪位偶像／哪一首歌／哪一部電影或政治新聞事件是你的重要標記？

談我之所以為我，談我從何來、我從何去，專注自己便能覺得被愛，有一種被接住的感覺，這也是我喜歡寫作的原因，像是一種安心的落地。如果這樣的分享，別人也喜歡，那就太好了，我也是被接住的人。

失去和沒有失去的書

因為工作的緣故，我得常看著資料，做消費者「首購」分析。第一筆訂單對電商來說頗具意義：到底是什麼樣的商品，能帶來消費者做第一筆消費？降低目標讀者群十五至十八歲、鎖定「書」這個選項，「人生第一本買的書」這個命題背後可以有一連串浪漫的推理。

究竟是什麼樣的碰撞，擦出人想買書的火花？買書的人有著什麼樣的消費者樣貌？是個學生吧？聽老師的話來買書的嗎？還是自由意志？是拿自己的零用錢吧？推理是我自己講的，青少年榜首購的第一名我觀察了兩三年，還是「新制多益」，難逃現實面。

回溯自己的親身經驗，我人生買的第一本書第二本書第三本書還清楚記得，九〇年代初的南臺灣（沒有連鎖書店也沒有網購），那情景應該是只上半天課的週六（那時也沒有周休二日），中學的我騎腳踏車穿越鎮東街，在補習前或補習後，先去涼茶店買十五元的菊花茶或洛神茶（誰知三十年多後小老闆發生冰櫃命案），提著飲料再潛入附近有冷氣的文具行，文具行賣的書只有一面牆，老闆用麥克筆在西卡紙簡單寫了分類，於是，我在那堵小書牆，完成了我人生的前三本購書清單。

促成我「首購」的第一因，現在回想起來，似乎只是因為冷氣。就是，太熱，想吹冷氣。這個現實，浪漫地促成我人生首購的第一本書——林良的《小方舟》。《小方舟》以父親為主視角，談及家人與動物相處的散文。方舟的概念脫胎自聖經的諾亞方舟故事，大概是說童心可以容納各種動物。全書主軸圍繞在小狗「斯努彼」的故事，敘事者關照想要養動物「小孩」的情感，同時也顧及「家長」要承擔收拾善後的痛苦，十分打動當時想要在公寓養狗的我。為了說服我的監護人，我必須收集正方和反方的情報，本書提供當時的我絕佳的說詞靈感。溫馨的散文又方便作業取材，《小方舟》從中學到大學，至少被我拿去寫了三次心得報告。

第二本書，是一本中國翻譯書——《珍禽異獸尋蹤記》，一九九三年業強出版社出版。從生態記者的視角，跟著保育研究員上山下海記錄中國保育瀕危動物。除了占掉最多資源的大熊貓，也記錄了西雙版納象、黔金絲猿、朱鷺、海南坡鹿等等比較不為人知的動物困境和保育情況。在零用錢有限的情形，一個國中生之所以會買這本書，說真的我也猜不透當時的自己，我想還是歸咎於逃避課本，投奔浪漫。基於《小方舟》的選書成功經驗，回歸喜歡小動物單純的心理層面，而動物類的相關書，在文具行的唯一書櫃，全數像是錦鯉（賽鴿、七彩神仙、紅龍）飼養工具書。因此出現了這樣報導文學的作品，沒有不被吸引的道理。書裡的動物像是神獸，奔跑在當時課堂教授的（不存在的）中國地理，難辨哪個魔幻、哪個寫實。

第三本書，是課堂老師指定閱讀的《XO・賓士・滿天星：迷失在炫耀中的臺灣》，一九九二年皇冠文化出版，以「臺灣錢淹腳目」為背景記錄各種豪奢見聞，猜測應是當時暢銷書。這書我當時讀得十分勉強，對於買名表名車拚酒的平行世界相當困惑，困惑中又帶著自卑。推薦這本書的公民老師的確是希望我們這群下港孩子應該開開眼界，課堂總結老師這樣說：如果你們有人看了《XO・賓士・滿天星》、聽了林強的《向前走》決定去臺北打拚，若不幸輸到脫褲落魄睡路邊，記得可以去睡臺北車站，車站有員警，這樣也不怕半夜有人會挖你的腎拿去賣（!?）員警還會借你回家的車票錢。

成長讀物就像是《玩具總動員》裡沒被帶去大學開學的玩具。《小方舟》後來一直安放在高雄家裡，還會不時拿起來翻翻，懷舊的版權頁上，蓋著好書出版社的紅色公司章，中華民國七十九年一月初版第六次印刷，看到校對和發行人似乎是作者林良先生女兒的名字，難免又鍵盤柯南推理一番，難道這是作者自產自銷自家發行的作品？《珍禽異獸尋蹤記》家裡應該還找得到，《XO．賓士．滿天星》則肯定被我丟掉了。丟書這件事，我一向做得決絕，不符喜好者或曾折磨過我的（例如教科書），或丟或賣絕不拖延，不會再看的書就是失去的書，清書櫃的快感，於我而言更甚於買書。

我的一些朋友很羨慕我很會清空書櫃，也對我喜歡丟書這件事不解，但這就像我也不解他們。我也曾追問其中一位朋友，他家裡的書已經多到房間無法走路的地步了。我忍不住問：是說如果捨不得丟掉，賣掉也可以啊!?

「不要，賣掉我寧可丟掉」

我猜不透，看過的書，讓想要的人再拿去看，這樣不好嗎？

「因為我不喜歡我用過的東西，還被別人拿去。」

朋友簡單提到自己僅有的一次賣二手書經驗，後來看到自己的書重新整理好、標價在二手書店的櫃上，瞬間的衝擊令他難以言喻。「那有一點接近羞恥的感覺，像是自己穿過的內褲被洗乾淨重新上架賣一樣。」

於是，我不再追問，我自己是不會把書和內褲聯想在一起啦。

喜歡丟書，難免失手，那是一整套《希頓動物故事集》。幼年版、有插圖注音，應該是國小某次成績優良，我向家人許願獲得的禮物。還記得紅藍雙色的書盒，每盒裝有四本書，著迷的程度大概是會放在床邊跟著一起睡覺那種。兒時的夢境也拜這套書之賜，常有美洲荒原風景。

會把書丟掉，是基於一種幼稚的理由：我長大了。

我長大了，不必看注音版了；我長大了，不必看有插畫的幼年版了；我長大了，自以為厲害的理所當然，極像初戀分手莫名其妙的理由。

十四歲當時衝動的決定，讓四十歲的我長年搜尋拍賣網站，想把失去再買回來。不敢奢求湊齊全套，但這畢竟是民國六十七年出版的叢書，至今也才買回兩本：《信鴿阿爾諾》、《旗尾松鼠的冒險》。

《希頓動物故事集》對我的後勁那麼強，除了歸因於個人因素（對於過去美好事物的不想放棄），另外故事本身不會假借動物之名說教、用動物之言講人類想傳播的理念，或者要「拜動物為師」，也是原因之一。我拉長閱讀時間軸後，自己歸納我喜歡的「動物文學」口味，面對無常與資源衝突，人與動物一樣渺小。《小方舟》或是紀錄片式的《珍禽異獸尋蹤記》也都符合這個特質。

人從來就只是與動物衝突的問題點，希頓的寫作視角多用第三人稱，人類多是加害者、懊悔者。他描繪的動物主角，首先都有與眾不凡的特質，多是頑強抵抗，至死方休，幾乎個個都是悲劇英雄。希頓的名篇，當然一定要提到《狼王羅伯》。羅伯深愛的白色母狼畢安卡已成經典，因為伴侶被抓而自投羅網，現實中的美洲狼最後被撲殺到完全絕跡，狼的受難一如作者所言，牠們象徵著：「野生動物的高貴自尊和偉大的情感」。

查找資料得知，《狼王羅伯》後來陸續有電影和劇作改編，但這比較不為臺灣讀者所熟知。牠倆最近當紅現身，應該是Switch「動物森友會」遊戲中，羅伯和碧安卡都是S級人氣島民。可以呼喚牠們來當島民的amiibo卡，拍賣價堪比一張北高高鐵票。羅伯在「動森」裡，仍然玩世不恭，屬「暴躁」個性，眼神依舊迷人。

哪能想到會有這一天，我可以幫畢安卡和羅伯買衣服、送傢俱？因為電玩，可以再和失去的書中主角相遇，失去的書，是不是就算了吧？

打卡就送念佛機

像是一年一度大拜拜的臺北國際書展，許多人不知道，其實攤位不僅只有出版社，不少宗教團體也會一起參展，早幾年逛展的時候，每每被攔下塞傳單，我都會擺臭臉不耐煩，儘管和出版社比起來，傳教發的文宣品和結緣小物都相對豪華。

今年走著逛著，看到當紅語錄梗圖「通通別想 想阿彌陀佛」的淨空法師攤位，偕同幾位同事大方走進求拍照，攤位上的師姐看到我們一行人，好生歡喜地拿了印有心經的資料夾來結緣，還告訴大家——臉書打卡就送念佛機。

念佛機很酷，無印風格，音質超好，還有小夜燈功能，小夜燈多段變色，同事戲稱還頗有夜店風，本想要送給長輩的，最後都決定自己留下來，簡直是今年國際書展最炫戰利品，還想隔天是不是再去領一台？

打開念佛機聽一段淨空法師念南無阿彌陀佛，腦中調度出來的畫面其實是家人送別的喪禮場景，忘憂孟婆湯手搖店和出境咖啡都還在，彷彿變成一種儀式感，而這本散文最初就是從此開始的。

如果還要具體的說，例如用一種建築物來形容這本書？我聯想到的，大概是爬山登頂步道上的可以暫時休息、喝口水的涼亭。

年輕的我應該會覺得相當恥，為了獲得免費念佛機竟然願意打卡開地球，但念佛機真的太棒太有質感了，而且，念佛機本身就足以變成一種隱喻：少時修行跪在蒲團上親自敲木魚念佛，為成大師之道，似乎就要親身拚命用雙腳去爬山登頂。但念佛機的出現，就像是登頂的路上遇到涼亭，循環播放日日念佛可以一邊聽、一邊看風景。會有這樣的改變，其實是映照人在生命不同階段顧慮到不同的事情，也是這本散文想說的。

如果今天只能爬這麼高，就這麼高吧，可能覺得肚子餓就這樣下山了也沒有關係，放過自己就是一件喜事。

AK00444

人生喜事

作　者　騷夏
執行主編——羅珊珊
校　對——騷夏、羅珊珊
美術設計——朱疋
行銷企劃——林昱豪

總編輯——胡金倫
董事長——趙政岷
出版者——時報文化出版企業股份有限公司
108019臺北市和平西路3段240號
發行專線——（02）2306-6842
讀者服務專線——0800-231-705・（02）2304-7103
讀者服務傳真——（02）2304-6858
郵撥——19344724時報文化出版公司
信箱——10899臺北華江橋郵局第99信箱

時報悅讀網——http://www.readingtimes.com.tw
思潮線臉書——https://www.facebook.com/trendage/
法律顧問——理律法律事務所　陳長文律師、李念祖律師
印　刷——勁達印刷有限公司
初版一刷——二〇二五年三月二十八日
定　價——新臺幣三八〇元
（缺頁或破損的書，請寄回更換）

時報文化出版公司成立於一九七五年，
並於一九九九年股票上櫃公開發行，於二〇〇八年脫離中時集團非屬旺中，
以「尊重智慧與創意的文化事業」為信念。

人生喜事/騷夏著. -- 初版. -- 臺北市：
時報文化出版企業股份有限公司, 2025.03
面；　公分

ISBN 978-626-419-296-5(平裝)

863.55　　114002286

ISBN 978-626-419-296-5
Printed in Taiwan

本書獲 高雄市政府文化局2021書寫高雄文學創作獎助計畫